Tirya
La vengeance de la déesse

www.editions.flammarion.com

ALAIN SURGET

TIRYA

LA VENGEANCE DE LA DÉESSE

Flammarion

LE MONDE ANTIQUE
AU TEMPS DE TIRYA
GAULE
Pô
Rhône
Massalia
Danube
MER NOIRE
MER CASPIENNE
CORSE
Rome
ESPAGNE
SARDAIGNE
LYDIE
Athènes
SICILE
Rhodes
Carthage
NUMIDIE
MER MÉDITERRANÉE
CRÈTE
CHYPRE
Tyr
Jérusalem
Saïs
Cyrène
Naucratis
LIBYE
Thèbes
Nil
MER ROUGE
SYRIE
Euphrate
Tigre
MÈDES
Babylone
PERSE
Pasargades
GOLFE PERSIQUE

Les personnages

Tirya : fille d'Amasis et de Ténet décédée.
Amasis : Pharaon.
Méryt-Ahmès : nouvelle épouse d'Amasis.
Hermès : ami grec de Tirya, fils de Lysias et de Despina.
Ninétis : fille de l'ancien Pharaon Apriès et d'une concubine.
Sehouna : gamine du palais, amie de Tirya et d'Hermès.
Ménélas : chef de la garde personnelle d'Amasis, et commandant des Hommes de Bronze.
Kâ : officier de sécurité de Saïs.
Phanès : officier grec d'Amasis.
Gyptis : princesse ségobrige, veuve de Prôtis le Phocéen.
Massalia : princesse salyenne, fille d'Imerix.
Comanos : roi ligure.
Erianos : vieux serviteur de Gyptis.
Awab : mère du Sauvage, un homme de main.
Vent du Nord : général égyptien.
Bakros : capitaine du *Fil d'Ariane*.

À Pasargades, en Perse,
au VIe siècle avant J.-C.

I

LES JOURS DU SCARABÉE

Les monts de Perse étaient devenus bleus sous la lune. Autour de la ville, la nuit était silence. Un silence minéral et glacé. Pasargades s'était éteinte avec le jour, comme si les hommes n'avaient plus le droit d'exister sans la lumière. Seuls les dieux glissaient dans le ciel, et l'ombre d'Ishtar[1] recouvrait le désert de rocailles qui s'étalait entre les collines.

Les sentinelles dormaient sur le chemin de ronde, appuyées sur leur lance. Pourtant, une silhouette veillait au-dessus de la porte monumentale bâtie en saillie devant les remparts. Ninétis ! Elle se tenait raide entre deux créneaux et regardait fixement du côté où avait sombré le soleil. Elle en avait déjà plus qu'assez de l'écrasante poussière de Pasargades. Le Nil lui manquait, avec le soyeux murmure des papyrus agités par le vent. Ici, l'air était de feu dans la journée, mais la nuit il devenait froid, aussi tranchant qu'une lame. Immobile, les lèvres serrées, Ninétis se laissait pénétrer d'une haine farouche

1. Reine du Ciel, fille de la Lune et représentant la planète Vénus, c'est une déesse guerrière dont l'animal attribut est le lion.

cristallisée sur celle qui avait toujours été son ennemie : Tirya, la fille de Pharaon.

La voix éclata sans qu'elle eût pris conscience d'une présence derrière elle.

— Tu rêves encore à l'Égypte, n'est-ce pas ?

Le vieux roi Cambyse s'était approché sans plus de bruit que le vol feutré d'un oiseau de proie. Il était vêtu d'un caftan noir qui le fondait dans l'obscurité.

— C'est mon pays, se défendit la jeune femme.

— Plus maintenant. Tu as donné un héritier à mon fils Cyrus, tu fais désormais partie de ce palais.

— Pierre parmi les pierres ! cracha Ninétis. Je vais finir par me dessécher comme elles. Cyrus n'a d'yeux que pour Cassandane.

— Elle vient d'accoucher d'une fille, Roxane, mais c'est ton fils qui deviendra roi sous le nom de Cambyse le Deuxième quand les dieux l'auront décidé.

— Si les dieux commettent l'erreur d'accorder un frère à Roxane, quel sera notre sort, à mon fils et à moi ?

— Ton fils Cambyse porte la marque[2] de notre famille, les Achéménides. Il est l'aîné. Nul autre que lui ne montera sur le trône de Perse, assura le vieux roi. Depuis qu'il est arrivé à Pasargades, reprit-il après un bref silence, ton fils a cessé de pleurer. Il a reconnu sa terre. Ne dit-on pas qu'en Égypte il remplissait le palais de Pharaon de ses hurlements ?

— C'est vrai, concéda Ninétis, mais...

— Mais c'est toi qui ne te sens pas à ta place

2. Voir *Le loup des sept collines*.

parmi nous, la coupa Cambyse. Tu es toujours à te lamenter, à mordre quiconque passe à ta portée, à promener ta hargne dans les couloirs et à épier Cyrus à chacun de ses déplacements. Tu te fais haïr par tout le monde, Ninétis. Même les servantes en ont assez de toi.

La jeune femme se cabra sous l'affront.

— Mais je suis reine ! se récria-t-elle.

— Une reine de paille, rectifia Cambyse. Cyrus ne t'aime pas. Tu lui as fait un fils, c'était ta destinée. Tu peux disparaître à présent, personne ne se souciera de toi.

Il l'agrippa par les cheveux, la traîna vers un endroit où la muraille inachevée ouvrait sans protection sur le vide. Là où ne s'aventuraient jamais les sentinelles.

— Je... je suis fille de Pharaon ! protesta Ninétis en grimaçant de douleur.

— Ton père Apriès a été renversé par Amasis, puis massacré par le peuple en colère. Quel poids peux-tu encore avoir en Égypte ? Il vaudrait mieux pour ton fils qu'il ne sache jamais qui a été sa mère.

Ninétis réussit à se dégager comme ils atteignaient le bord du rempart. Une peur panique lui broyait les entrailles.

— Vous voulez m'enlever mon enfant ? Le donner à cette truie de Cassandane pour qu'elle l'élève comme s'il était le sien ?

— Tu es tellement inutile que tu peux sauter.

La jeune femme risqua un coup d'œil vers le bas. Un canal brillait sous la lune, enjambé par un pont. Partout ailleurs, le trou noir. Ninétis comprit à ce moment que le roi des Perses n'était venu à elle que pour la tuer. Elle recula. Cambyse posa la main sur elle, la retenant de s'éloigner.

— Ton rôle est terminé, déclara-t-il.

— Non, c'est ton règne qui prend fin !

Avec la rapidité d'un serpent, Ninétis pivota sur les talons, se déhancha et, d'une violente poussée, projeta le vieil homme dans le vide. Il tomba sans un cri, son caftan battant autour de son corps comme les ailes d'un corbeau.

Ninétis se hâta de regagner sa chambre. Elle chassa la nourrice, sortit le bébé de son berceau et alla se recroqueviller dans l'angle le plus sombre de la pièce. Serrant le petit Cambyse dans ses bras, elle lui chuchota à l'oreille :

— Personne ne nous séparera, je te le promets. Avec la mort de ton grand-père, tu viens de monter d'une marche vers le trône. Demain Cyrus sera roi. C'est un loup ambitieux. La guerre le tiendra éloigné de la couche de Cassandane. Si je ne parviens pas à le faire moi-même, il faudra que tu te débarrasses de ta demi-sœur Roxane. Cyrus ne doit avoir aucune descendance en dehors de la tienne. Et puis je vais m'employer à te rendre le trône d'Horus, en Égypte. Il te revient de droit. Amasis est un usurpateur. Il ne faudra jamais traiter avec lui, mais l'abattre avec tous les siens. Je connais les défenses du Delta et l'importance des garnisons que peuvent contenir les villes-forteresses. Rien n'affaiblira ton bras, mon fils, car il sera animé par le feu de ma vengeance.

Ninétis se tut. Elle se mit soudain à émettre un petit rire puis, craignant qu'on ne l'entende, elle l'étouffa derrière son poing.

— Pfff, à l'exemple de la déesse Ishtar, l'ombre de mon bras s'étend déjà sur la terre des Pharaons. Avant mon départ, j'ai dressé quelque cobra de palais à exercer mes représailles. Il doit commencer à dérouler ses anneaux, à Saïs, et ce n'est pas la mangouste de Sehouna qui l'arrêtera, celui-là !

★
★ ★

Un mois plus tard, à Saïs, dans le Delta du Nil, la chambre de la reine Méryt-Ahmès bruissait d'une agitation retenue : son fils venait de naître. Penchée sur le berceau, Tirya le regardait d'un air attendri. Le bébé dormait paisiblement, ses petits doigts serrés autour de l'index de la jeune fille. La reine était étendue sur son lit, fatiguée mais heureuse. Ses servantes allaient et venaient sur la pointe des pieds, portant du linge qu'elles rangeaient dans des coffres montés sur des pattes de lion.

La porte s'ouvrit doucement. Amasis entra. Il alla dire quelques mots à son épouse puis vint s'asseoir près du berceau.

— Je présenterai l'enfant au temple après-demain, annonça-t-il. J'ai choisi de l'appeler Psammétique. Il est le troisième du nom.

— Psam, répéta Tirya. Voici donc mon vrai demi-frère, le futur Maître des Deux Terres.

— Et tu seras son épouse ! décréta Pharaon.

— Moi ? s'étrangla la princesse.

Son cri fit se retourner toutes les têtes.

— De nombreux Pharaons ont épousé leur sœur, rappela Amasis. Cela fait partie de la tradition.

— Est-ce ton cas ? siffla Tirya en tenant son père sous le feu de ses yeux.

— C'est une façon de resserrer le pouvoir autour de la même famille, expliqua Pharaon en ignorant la remarque de sa fille.

— Ninétis a quitté l'Égypte, vouant du même coup ses partisans au silence, intervint Méryt-Ahmès d'une voix lasse. Plus personne ne menace le trône. Laisse donc Tirya épouser l'élu de son cœur.

— Les dieux sont en train de changer le monde, avertit Amasis. Je sors d'un conseil au cours duquel les messagers m'ont délivré des nouvelles alarmantes. À Babylone, le roi Amaël-Marduk, qui avait succédé à son père Nabuchodonosor, vient d'être assassiné par son beau-frère Nériglissar. En Perse, le vieux Cambyse est mort d'une chute du haut de ses murailles. Cyrus est roi désormais, et son premier souci est de réorganiser l'armée. Il semble bien que la déesse de la Guerre se réveille en Orient.

— Si le monde change, il est juste de bousculer aussi ses traditions, releva Tirya. Psam pourrait épouser une princesse mède ou lydienne pour nouer des alliances.

— Je crains que Cyrus ne laisse guère d'avenir aux uns ni aux autres, déplora Amasis. Nous nous retrouverons seuls face à lui. À ce moment, l'Égypte devra montrer une autorité sans faille. Tu as forgé ton âme au cours de tes voyages, tu as appris beaucoup au contact des rois et des peuples que tu as rencontrés. Psammétique aura besoin de ton expérience et de tes précieux conseils.

Il soutint le regard de sa fille, et ajouta :

— Je viens de t'offrir le trône d'Isis. N'est-ce pas ce que tu as toujours souhaité ?

— Pas de cette manière-là, souffla la jeune fille : j'aurai l'impression d'être une reine-mère.

— J'annoncerai votre union au temple de Neith en même temps que je présenterai l'enfant à la déesse... Il s'agit d'un mariage symbolique, tu t'en doutes bien, reprit Pharaon en voyant la mine consternée de Tirya. Psammétique aura des concubines, et c'est de l'une d'elles que naîtra son successeur.

— C'est peut-être un mariage symbolique, maugréa Tirya, il n'empêche que tu me sacrifies ! Je n'aurai jamais droit à un véritable époux.

Pressentant l'orage entre le père et sa fille, les servantes jugèrent prudent de s'éclipser. Elles avaient déjà matière à alimenter les commérages dans le palais. Méryt-Ahmès soupira.

— Vous avez raison l'un et l'autre, dit-elle pour éviter une violente confrontation. Mais si la présentation au temple doit se faire rapidement, le mariage de nos enfants peut être différé. Psammétique ne portera pas la double couronne avant longtemps.

Tirya comprit que la reine cherchait à gagner du temps, soit pour tenter de convaincre Amasis d'abandonner cette idée, soit pour permettre à la jeune fille de partir avec Hermès.

— Il est bon que l'Égypte connaisse au plus tôt le couple héritier, insista Pharaon. Cela étouffera dans l'œuf bon nombre d'intrigues, surtout si les dieux décident d'écourter mon règne.

Il s'aperçut à ce moment que le bébé s'était réveillé et qu'il avait les yeux fixés sur lui. Amasis lui sourit et fit bouger son doigt devant son petit nez, mais le regard de l'enfant ne le quitta pas. Psammétique avait le visage grave des statues, et son père se demanda un instant s'il voyait. Tirya retira délicatement son index et s'écarta du berceau.

— Tu existes depuis ce matin, et tu m'empoisonnes déjà la vie, murmura-t-elle à l'adresse de son frère.

Pharaon fronça les sourcils, signifiant à sa fille de retenir sa colère, puis il changea de conversation.

— Ce n'est pas un braillard comme Sethounout, déclara-t-il en usant de l'ancien nom de Cambyse, l'enfant de Ninétis.

Tirya haussa les épaules, tourna les talons et se dirigea vers la porte.

— Où vas-tu ? demanda son père.

— M'exiler en Perse ! répondit-elle sans se retourner.

— Hermès arrive aujourd'hui de Naucratis, lui apprit Méryt-Ahmès. Tirya va l'attendre au port.

— Fais-toi accompagner par des gardes !

La princesse fit volte-face.

— Je me suis rendue jusqu'à Rome sans escorte, et je devrais me faire encadrer par une escouade pour me déplacer dans ma propre ville ? C'est pour protéger ma royale personne ou pour m'empêcher de fuir ?

Pharaon expira bruyamment.

— Je vais annoncer la bonne nouvelle à Hermès, renchérit Tirya. Il sera ravi de m'acclamer en nouvelle Isis, épouse d'Horus[3]. J'aurais dû l'épouser en Grèce, à Rome ou ailleurs.

3. Les Pharaons sont considérés comme les successeurs d'Horus.

Elle ouvrit la porte, tomba sur Ménélas en faction dans le couloir avec quelques soldats.

— Je vais te donner mes deux hommes les plus discrets, confia-t-il à la jeune fille.

Tirya lui lança un regard foudroyant.

— Tu écoutes aux portes, maintenant ? Décidément, le monde est devenu scarabée[4]. Garde ta meute ! La compagnie de Sehouna me suffira. Dernièrement, cette gamine s'est montrée plus apte à sauver une vie que vous tous réunis.

4. Le scarabée est le symbole du changement.

2

DANS L'OMBRE DES PAPYRUS

Tirya serra Hermès si fort dans ses bras qu'il sentit que quelque chose s'était passé. Il avait l'impression qu'elle essayait de faire disparaître ses tracas en les étouffant contre lui.

— Mon frère Psammétique vient de naître, annonça-t-elle.

Mais avant que son ami ouvre la bouche, elle s'empressa d'ajouter :

— Mon père s'est mis en tête de faire de moi sa Grande Épouse Royale.

— Ah ! hoqueta Hermès.

L'air lui manqua, et il dut faire un effort pour respirer.

— Moi, à ta place, je me sauverais, suggéra Sehouna à Tirya.

— Ce n'est pas une solution, répondit Hermès en passant son bras autour des épaules de son amie. Je vais aller parler à ton père.

— Pour lui objecter quoi ?

— Eh bien, que... que...

— Que tu aimes Tirya, pardi ! compléta la fillette sur le ton de l'évidence. Et que tu veux l'épouser !

— Occupe-toi de ton singe ! lui rétorqua Hermès, fâché que Sehouna lui vole les mots de sa déclaration.

La gamine lui tira la langue.

— Totis ne manque de rien avec moi, se défendit-elle en grattouillant le petit singe installé sur son épaule. Il ne risque pas de me quitter, moi !

Elle saisit l'expression mécontente de Tirya, tenta de se rattraper :

— Je veux dire que jamais je ne permettrai qu'on le donne à quelqu'un d'autre.

— Nous sommes bien d'accord, grommela Hermès en raffermissant son étreinte autour de la jeune fille.

Tirya posa sa tête sur l'épaule de son compagnon et ferma les yeux. Elle entendait battre son cœur, plus fort et plus vite que d'habitude, et oublia presque les bruits du port. De gros navires étaient amarrés à l'extrémité de pontons flottants, et des files d'hommes transbordaient les marchandises vers d'autres bateaux afin de les acheminer vers Memphis et la Haute-Égypte. Des grues à balancier débardaient des troncs de cèdre que des ouvriers faisaient ensuite rouler jusqu'aux entrepôts. Dans d'autres bassins, des navires embarquaient des papyrus, des ballots de toile de lin et des jarres de vin à destination des îles de la Méditerranée et des côtes de la Phénicie. Des mouettes voletaient autour des mâts, ajoutant leurs criailleries à la rumeur incessante du port.

Tirya, Hermès et Sehouna remontaient lentement vers la ville. De belles maisons avec portique et jardin s'alignaient sur la rive, symboles de la réussite des marchands qui les habitaient.

— Tu ne dis plus rien ? murmura Tirya, la bouche contre le cou du jeune homme.

— Je réfléchis à la façon dont je vais m'y prendre avec ton père.

Elle se redressa.

— Pharaon ne cédera pas, assura-t-elle, utilisant sciemment le titre qui plaçait Amasis hors de portée des hommes. Quand il s'est agi de fuir Arcélisas le Dur ou de contrer les prétentions de Ninétis[1], j'ai trouvé la force de réagir. Cette fois, je suis anéantie. Il n'y a pas d'ennemi physique à combattre ni d'épouse à aller dénicher en Nubie ou ailleurs...

— En quoi consiste exactement le rôle de la Grande Épouse ? demanda Hermès en lui prenant la main.

— À occuper le trône d'Isis lors des cérémonies officielles, à paraître à tout moment et en tout lieu en compagnie de mon royal époux. Si mon père meurt pendant la minorité de Psammétique, c'est moi qui assurerai la régence. Ensuite, lorsque mon frère aura choisi une autre épouse, qui elle lui donnera des enfants, je serai reléguée au fin fond du palais. Je n'en sortirai que pour participer à la Fête de l'Opet à Karnak ou quand Pharaon aura besoin de ma présence au temple pour régénérer son pouvoir divin.

— Tu serviras de bijou de famille, en somme, résuma Sehouna.

— C'est un peu ça, admit Tirya avec un pauvre sourire.

— C'est tout de même une fonction très lourde, reconnut Hermès. Pour l'assumer, cela exige de perdre la fougue de la jeunesse.

— C'est une autre flamme qui brûle alors dans

1. Voir les épisodes précédents.

le cœur, rectifia Tirya. Une flamme tournée vers l'intérieur.

Elle retint son ami qui s'apprêtait à bifurquer vers la rue conduisant au palais.

— Je ne veux pas rentrer. J'ai besoin d'oublier mon père et Psam pendant un moment... Un moment très court puisque la prêtresse de Neith va célébrer notre union sacrée après-demain.

— Et si je t'enlevais ? proposa Hermès d'une voix vibrante d'excitation. J'ai de la famille à Rhodes. Elle pourrait nous cacher.

La jeune fille lui posa un doigt sur la bouche.

— Ne dis pas de bêtises ! Mon père nous retrouverait. Et je ne conçois pas de vivre telle une bête traquée, obligée de fuir d'un endroit à un autre pour échapper à d'éventuels espions.

— Alors que nous reste-t-il ?

— Un serpent sous une herbe, un crocodile entre ces papyrus... marmonna-t-elle en montrant la cannaie vers laquelle ils se dirigeaient.

— Hé ! la secoua Hermès. En voilà des idées ! Je ne te reconnais plus. Où est la bouillante Tirya qui a bravé Nabuchodonosor, Pisistrate et Servius Tullius ?

— Tu veux que je te prête mon singe ? renchérit Sehouna. Ou que je danse pour toi ? Ça chassera tes sombres pensées !

— Nous trouverons quelque chose ! garantit Hermès. Nous avons deux jours devant nous.

Ils sortirent de Saïs, longèrent un village de pêcheurs et pénétrèrent dans la plantation de papyrus. Hermès cueillit une canne et s'en servit pour taper contre les tiges afin d'éloigner d'hypothétiques bestioles dissimulées au pied des roseaux. Des sarcelles s'envolèrent, une aigrette blanche jeta un cri strident et alla se percher sur la tête touffue d'un papyrus, gardant un œil sur les intrus qui passaient près de son nid. Un doux bruissement émanait du marais, résultant du frottement continu des cannes sous l'action du vent.

— C'est ici que je sens vraiment palpiter l'Égypte, dit Tirya. Dans ces...

Hermès ne la laissa pas finir. Il pivota sur les talons, la prit dans ses bras et colla sa bouche contre la sienne. Tirya s'abandonna. Elle insuffla toute sa passion dans ce baiser, mais elle y exprima aussi son désespoir. Sehouna ne perdait rien de la scène, promenant sous leur nez une mine à la fois ravie et malicieuse. Totis s'effraya soudain d'un crépitement dans les roseaux. Il sauta de l'épaule de la gamine et se sauva à travers les papyrus.

— Qu'est-ce qui te prend ? s'écria Sehouna. Reviens ici !

Elle se précipita derrière lui, craignant qu'il ne se perde ou s'approche trop près de la rive, là où des crocodiles guettaient parfois sous les nénuphars.

— Il y a quelque chose qui t'a effrayé ? lança-t-elle. Tu as eu peur pour rien. Tirya et Hermès n'ont pas bougé, eux.

Moitié courant, moitié bondissant de canne en canne, Totis jaillit de la plantation et faillit passer sous les sabots de deux chevaux au galop. La roue d'un char le frôla. Paniqué, le singe tourna sur place en poussant des hurlements de terreur. Quand Sehouna voulut l'attraper, il lui glissa entre les doigts, fila vers le village, où il se réfugia sous un appentis. La fillette le retrouva prostré à l'extrémité d'une poutre sur laquelle les pêcheurs étendaient leurs filets pour les remailler. Elle lui parla très doucement afin de le calmer, s'approcha puis, d'un geste vif, elle le saisit par la queue.

— Cette fois je te tiens ! Tu m'auras fait courir ! J'espère que Tirya et Hermès m'auront attendue.

Totis dans les bras, Sehouna retraversa le village, ne s'arrêtant qu'une fois pour permettre à des petits enfants de le caresser. Elle se faufila dans la cannaie, avança entre les papyrus. « C'était par ici, estima-t-elle, mais je ne les vois plus. »

— Ohé ! appela-t-elle. C'est moi, Sehouna ! Où êtes-vous ?

Elle tendit l'oreille. Pas de réponse. Elle recommença, les mains en porte-voix, se tournant dans plusieurs directions de façon à être entendue aussi bien du côté du fleuve que du chemin qui longeait la plantation. Toujours le même silence !

Sehouna se rendit compte à ce moment que les roseaux ne craquaient plus, que toute vie s'était arrêtée autour d'elle : pas un oiseau ne voletait d'une plante à l'autre, pas une bête rampante n'ondoyait sous les herbes, même le vent n'agitait plus les touffes au sommet des tiges...

— Vous pouvez me dire si vous avez décidé de vous cacher et de ne plus rentrer au palais. Je sais tenir ma langue.

Cette fois, un silence épais s'était refermé sur elle, pareil à un couvercle de bronze.

— C'est pas drôle ! ronchonna-t-elle.

Sehouna entreprit alors de chercher des traces sur le sol. Elle suivit un passage d'herbes foulées, découvrit quelques cannes brisées, d'autres inclinées comme si on s'était affalé sur elles. La fillette n'en fut pas très surprise car il arrivait que des hippopotames viennent se frotter contre les grands roseaux.

— Tirya !... Hermès !... lança-t-elle à nouveau. Je n'ai plus envie de jouer. Sortez de votre cachette !

Elle parvint devant le Nil. Un pêcheur se tenait immobile dans sa barque, un gourdin à la main, les yeux braqués sur l'eau. Qu'un poisson s'aventure près de la surface, et le bonhomme l'assommerait d'un coup ! Il décocha un regard sur la gamine. « Seraient-ils partis en bacholle sur l'eau ? réfléchit-elle. Non, ils ne m'auraient jamais laissée ici toute seule ? Ils ont dû remonter vers le village en prenant à travers champs, mais c'est tout de même bizarre que je ne les ai pas vus. »

— Vous n'avez pas remarqué deux jeunes gens par ici ? demanda-t-elle à tout hasard.

L'autre grogna que non. Brusquement Totis échappa à sa maîtresse. Sehouna poussa un cri de désolation, mais son singe n'alla pas loin. Il plongea sa patte dans un nid d'herbes et de mousses, et s'empara d'un objet qu'il porta tout de suite à sa bouche. Au premier coup de dents, il fit la grimace et le rejeta à terre.

— Mais c'est... !

Sehouna se précipita pour le ramasser. Son cœur se mit à battre plus fort, une boule d'angoisse enfla dans sa gorge. Dans sa paume reposait le scarabée de Néfertari, l'amulette que Tirya portait toujours autour du cou.

— Enlevés... bredouilla-t-elle. Ils ont dû être enlevés !

*
* *

— Enlevés? s'étonna Pharaon. J'ai du mal à le croire.

Amasis était assis sur un banc à l'ombre d'un sycomore, dans une partie du jardin réservée à son seul repos. Il fit sauter le scarabée d'obsidienne dans sa main, et poursuivit :

— Dis plutôt que Tirya a fugué avec son ami, et qu'elle t'a chargée de me remettre ce pendentif pour m'abuser.

— Je vous assure que non, se défendit la fillette.

— Elle a pu simplement le perdre, supposa Ménélas debout à côté de son souverain.

Amasis lui tendit le bijou. L'officier remarqua tout de suite que le cordon avait été arraché.

— Un coup sec et violent... commenta-t-il. Mais qui oserait prendre un tel risque? S'attaquer à la fille de Pharaon!

— Personne n'a attaqué ma fille, soupira Amasis. Tu la connais : elle va se terrer quelque part jusqu'à ce que Psammétique ait été présenté au temple. Après quoi elle réapparaîtra, une fable à la bouche... Le scarabée, elle l'a arraché elle-même de son cou.

— Tirya aurait-elle l'intention d'aller se réfugier chez les parents d'Hermès, à Naucratis?

— Non, répondit Pharaon, elle se doute bien que c'est là où nous irions la chercher en priorité.

— Elle n'a quand même pas dans l'idée de quitter l'Égypte?

— Elle est là, tout autour, à faire peser son

absence comme une chape afin que je m'inquiète, que je regrette mes paroles et que je finisse par changer d'avis à son sujet. Mais elle se trompe! gronda Amasis en frappant l'accoudoir de son poing. Tirya deviendra l'Isis de Psammétique, et je la confinerai aussitôt à Abydos, dans le temple d'Osiris, en attendant que mon fils atteigne l'âge d'être associé au trône. Quant à son ami grec, en récompense des services qu'il m'a rendus, je le nommerai ambassadeur à la cour de Crésus, à Sardes[2]. Séparés par une si grande distance, ils...

— Mais puisque je vous dis qu'ils ont été enlevés! insista Sehouna en tapant du pied.

Pharaon la foudroya du regard. Comment? Cette sauterelle osait l'interrompre! Il mit son insolence sur le compte de son désarroi, se radoucit et tenta de l'apaiser par un sourire.

— Tirya t'utilise à ton insu pour se venger de moi. Rassure-toi, il ne lui est rien arrivé.

— Des roseaux ont été brisés...

— Pour simuler une lutte, expliqua Amasis.

— Le scarabée...

— Déposé exprès pour que tu le retrouves et reviennes affolée au palais.

Sehouna se dandinait d'un pied sur l'autre, cherchant comment convaincre Pharaon qu'elle avait raison.

— Tirya ne m'aurait jamais abandonnée au milieu des papyrus... Et puis elle ne pouvait pas prévoir que Totis allait se sauver! reprit-elle sur le ton d'une subite illumination.

2. En Lydie (Asie Mineure).

La gamine raconta la fuite de son singe jusque dans le village de pêcheurs, la course derrière lui pour le récupérer...

— Il avait entendu un craquement qui l'a effrayé, conclut-elle. C'était l'approche des ravisseurs ! Ils m'auraient enlevée aussi si j'étais restée là.

Amasis et Ménélas échangèrent un regard.

— J'aurais quand même dû fournir deux hommes d'escorte à Tirya, grommela l'officier.

Pharaon leva la main dans un geste de résignation.

— Bah ! Elle se serait enfuie cette nuit, ou demain en profitant d'une promenade en barque sur le Nil...

Pourtant, sa voix n'était plus aussi ferme. Il demanda d'un air qui se voulait détaché :

— Personne, dans ce village, n'aurait remarqué quelque chose, par hasard ?

— Nous avons croisé un groupe d'hommes qui rapportaient des papyrus sur leurs épaules, se souvint Sehouna. Il y avait plusieurs bacholes sur l'eau — des pêcheurs qui jetaient leurs filets... Ah oui ! il y en avait un près de l'endroit où Tirya et Hermès ont disparu. Il guettait le poisson avec un gourdin.

— Kâ ferait peut-être bien de l'interroger tout de même, celui-là, suggéra Amasis. Tu le reconnaîtrais ?

La fillette fit une moue. Pas sûr, le bonhomme lui tournait le dos en partie. Elle décida cependant de répondre par l'affirmative afin que l'enquête démarre au plus tôt.

Debout derrière une fenêtre en claustras, dans un couloir qui longeait un côté du jardin, une silhouette n'avait rien perdu de la scène. « Si Sehouna est revenue sans Tirya et Hermès, c'est que mes ordres ont été exécutés, se réjouit-elle. Pharaon ne reverra jamais sa fille. À la reine, maintenant, de goûter au venin d'Ishtar ! Ensuite ce sera au tour de son fils de s'allonger dans le tombeau. »

Des semelles claquèrent sur les dalles, dans son dos. La silhouette se décolla de la fenêtre, puis elle emboîta le pas aux gardes qui allaient relever les sentinelles. « Je ne dois rien négliger pour garantir ma sécurité, songea-t-elle, car il ne ferait pas bon que Kâ remonte jusqu'à moi. »

3

LE SAUVAGE

Kâ entra dans le village avec le soir. L'arrivée du char provoqua un réel étonnement, presque de la peur. Certains paysans se détendirent en apercevant une fillette dans la nacelle. D'autres, qui connaissaient le chef de la sécurité de Saïs pour avoir déjà eu affaire à lui, rentrèrent la tête dans les épaules et trouvèrent un brusque intérêt à leurs orteils. Kâ expliqua la raison de sa venue au chef du village, puis il exigea que tous les hommes se rassemblent devant les silos à grains. Il les fit se ranger en une ligne et demanda à Sehouna de les étudier un à un. Elle élimina les maigres et les très grands, ainsi que les vieux et les chauves.

— Ne peux-tu être plus précise ? s'impatienta Kâ. Il reste la moitié du village sous nos yeux.

— Je ne l'ai pas examiné sous le menton, riposta Sehouna. Il pêchait avec un gourdin.

— Sans le moindre filet ? s'étonna le responsable de la localité.

— Il n'en avait pas, indiqua la fillette. Je ne l'ai pas vu non plus tenir une ligne. Il guettait simplement les...

— Alors ce n'était pas un pêcheur ! certifia l'homme. Personne n'aurait l'idée d'utiliser son seul bâton pour s'assurer de bonnes prises ! Autant vouloir attraper les poissons à la main ! Dans une mare, c'est possible, mais pas dans le fleuve ! L'individu que tu cherches n'habite pas mon village.

Kâ se frotta le sommet du crâne. L'enquête risquait d'être plus longue que prévue.

— Quelqu'un d'autre l'aurait-il aperçu ? interrogea-t-il.

Un jeune bouvier qui avait mené ses vaches au bord du Nil rapporta qu'il avait croisé un homme dans une bachole. Ce dernier était repassé un peu plus tard en sens inverse.

— Je l'ai remarqué parce que, contrairement à ceux qui naviguent sur le fleuve, il ne transportait rien dans sa barque : ni à l'aller ni au retour. D'habitude, les bacholes sont chargées de tiges de papyrus, de poissons ou de gibier d'eau...

— L'avais-tu déjà vu avant ce jour ? Sais-tu qui il est et d'où il vient ?

— Je ne connais pas son vrai nom, mais entre nous on l'appelle le Sauvage.

— Ah, c'est lui ? releva le chef du village. C'est un gaillard peu recommandable qu'on retrouve dans tous les mauvais coups. Au début, il participait aux joutes nautiques qui opposaient les jeunes de différents villages, mais il y faisait preuve de tant de brutalité qu'on l'a très vite tenu à l'écart. Il vit avec sa mère sur un îlot, au milieu d'un bosquet de papyrus, et il pue le marécage à plein nez. S'il a été témoin de quelque chose, c'est sûr qu'il préférera se cacher que d'aller prévenir les gens d'armes.

— Tu vas me conduire à lui, décida Kâ. Et je réquisitionne les deux plus solides d'entre vous !

Quant à toi, tu m'accompagnes jusqu'au bout, dit-il à Sehouna en lui posant la main sur l'épaule. J'espère que tu identifieras le Sauvage. Dès lors, il ne pourra pas nier s'être trouvé sur les lieux, et son témoignage constituera un début de piste.

La gamine fit oui de la tête, mais elle aurait volontiers donné sa ceinture de perles pour éviter d'être confronté à un tel énergumène.

— Avant que vous ne regagniez vos foyers, reprit Kâ en élevant la voix pour rappeler l'attention de ceux qui se dispersaient déjà, je veux savoir quelles embarcations vous avez pu observer — en dehors de vos bacholes — qui remontaient ou descendaient le Nil.

L'officier apprit ainsi que quatre vaisseaux de charge étaient passés, transportant d'énormes blocs de pierre vers la côte, probablement à destination de Pegwti[1]. D'autres navires marchands s'étaient rendus à Saïs, rapportant des produits d'Orient.

— Une barque funéraire à l'effigie d'Hathor a suivi le courant, souligna une femme qui assistait à la discussion. Je lavais mon linge sur la rive pendant qu'elle glissait sur les flots. Un prêtre se tenait à la proue, raide comme une statue, tandis que deux prêtresses entrechoquaient des « mains d'Hathor[2] » au-dessus des sarcophages pour éloigner les esprits du Mal. Les morts étaient sans doute des prêtres pour avoir droit à la présence de trois d'entre eux. L'embarcation a dû voguer jusqu'à la Colline des Pharaons, car c'est au pied du temple

1. Canope, dans le delta du Nil.
2. Planchettes musicales en forme de mains.

d'Hathor que s'étend la nécropole des Servants de la Déesse.

Kâ hocha la tête : il connaissait l'endroit. Il confia son attelage aux bons soins des villageois et se dirigea vers le fleuve, Sehouna et les trois hommes sur les talons.

Tapi dans les roseaux, le Sauvage attendait. L'affaire s'était déroulée sans anicroches, bien qu'il ait fallu s'écarter du plan initial : l'embuscade avait été préparée dans une rue de Saïs, entre le port et le palais, mais lorsqu'ils avaient vu les jeunes gens changer de direction, Khouf et le Sauvage n'avaient pas hésité à les suivre. Quelle aubaine pour eux quand Tirya et Hermès s'étaient faufilés dans la plantation de papyrus ! Le Sauvage avait longé la rive dans sa bachole pendant que Khouf marchait derrière eux, s'assurant qu'aucun paysan ne cueillait de cannes à proximité.

Le Sauvage sourit au souvenir de l'attaque. À croire que le dieu Seth était de leur côté : les deux tourtereaux s'étaient arrêtés près d'un îlot où bâillaient les crocodiles, et que les pêcheurs évitaient, et la gamine s'était brusquement lancée aux trousses de son singe. Il n'avait fallu que deux coups de gourdin pour assommer Hermès par surprise. Tirya avait tenté de résister mais ils l'avaient très vite maîtrisée. Ensuite, respectant les ordres qu'ils avaient reçus, Khouf et le Sauvage avaient roulé les corps dans des nattes puis les avaient transportés dans un ancien abri à bateaux de l'autre côté du fleuve. Laissant les prisonniers sous la garde de son complice, le Sauvage était retourné près de la cannaie afin de vérifier si l'endroit était toujours désert, si aucun témoin ne les avait repérés et n'avait donné l'alarme... C'est alors que Sehouna était réapparue, presque sous son nez !

— Fichue grenouille ! maugréa-t-il. Elle m'a vu, mais je la reconnaîtrai entre toutes. Elles sont rares les gamines qui portent une ceinture de perles en guise de pagne. Ce doit être une danseuse ou la servante d'une grande dame du palais. Je finirai bien par apprendre qui elle est, et alors... !

Un héron s'envola d'un bosquet. Le Sauvage se tassa sur lui-même. Était-ce la personne qu'il espérait ou un intrus ? Une barque se profila sur les eaux couleur du soir. Elle vint droit vers lui. Le Sauvage serra son gourdin dans ses mains, puis sa tension se relâcha et son visage s'entailla d'un sourire. Il sortit de son fourré, aida l'autre à accoster et à prendre pied sur l'îlot.

— Vos ordres ont été exécutés, commença-t-il.

— Je sais.

— Nous avons été contraints d'improviser, poursuivit le Sauvage. Les deux jeunes n'ont pas suivi le parcours que vous nous aviez indiqué.

— Je sais, répéta l'autre. Vous avez agi avec intelligence, Khouf et toi, voilà pourquoi j'ai décidé d'augmenter votre solde.

Le Sauvage se lécha les babines d'un air gourmand.

— Personne ne vous a aperçus ? Un pêcheur ? Un chasseur ? Des gamins en train de se baigner ?

Le Sauvage pensa à la fillette. Non, il n'allait pas inquiéter son commanditaire avec cela, d'autant que celui-ci risquerait alors de diminuer sa part. Il secoua la tête. L'autre retourna vers sa bachole, saisit une corbeille et la déposa aux pieds du Sauvage. Le bonhomme tomba à genoux et la soupesa.

— Elle est lourde.

— Moi, Vent du Nord, je sais récompenser mes hommes.

Le Sauvage souleva le couvercle. L'effroi bloqua son cri. La tête de Khouf était dans la corbeille, ses yeux morts fixés sur lui.

— Qu'est-ce que... ?

Sa question fut tranchée net par la lame du harpê qui s'abattit sur sa nuque.

Cachée derrière un épais rideau de papyrus, la mère du Sauvage se mordit le poing pour ne pas hurler. Elle vit Vent du Nord jeter le cadavre de son fils dans le Nil, puis les deux têtes. Elle perçut le bruit de plongeons, discerna des ombres aux écailles luisantes qui disparurent d'un coup sous les flots. L'eau se mit à bouillonner, des queues fouettèrent la surface. La vieille Awab ferma les yeux. Son fils était un vaurien, mais il ne méritait quand même pas de finir déchiqueté par les crocodiles. Son ka[3] allait flotter dans les eaux sombres ; sans corps auquel se rattacher, il finirait par se diluer dans le fleuve. Vent du Nord remonta dans la barque et s'éloigna. Awab quitta son trou, alla ramasser le gourdin du Sauvage et se mit à frapper le sol en martelant des paroles de pierre.

— Je te poursuivrai de ma haine, Vent du Nord ! Tu dois être un officier pour posséder une telle arme. Je te retrouverai et je te tuerai. J'en fais le serment, par Osiris !

Elle battit le sol jusqu'à épuisement. Jusqu'à ce

3. L'énergie vitale.

que les herbes ne soient plus qu'une bouillie. Jusqu'à ce que ses mains soient en sang et ses bras agités de tremblements. Jusqu'à ce que deux barques surgissent de la nuit et s'avancent sur le ruban d'argent baigné de lune. Vers son île.

Planté devant le feu de la vieille femme, Kâ ne quittait pas Awab des yeux. Elle n'avait pas ouvert la bouche depuis l'arrivée des quatre hommes et de Sehouna, et se jurait bien de se couper la langue avec les dents si l'officier décidait de la secouer pour la faire parler. Kâ savait qu'il ne tirerait rien d'elle : c'était le genre de bonne femme à se laisser briser les os plutôt que d'avouer le vol d'une cuillère à fard. Alors livrer son fils… !

Sehouna avait peur. Malgré la présence de Kâ et des trois pêcheurs, la gamine ne se sentait pas en sécurité. Le lieu était malsain : les bosquets de papyrus faisaient penser à des lances pointées vers le ciel, comme si des forces maléfiques montaient la garde à l'entour. L'île elle-même avait l'aspect d'un cloaque avec ses trous d'eau boueuse, ses arbres renversés, ses touffes d'herbes folles et ses ombres rampantes. Sehouna avait l'impression que la mère du Sauvage était en fait l'incarnation humaine de Sobek, le dieu crocodile. Maigre, torse nu, Awab avait une peau si fripée que son corps semblait recouvert d'écailles ; son visage avait quelque chose de reptilien, et sa respiration rauque rappelait le souffle de l'animal. Fuyant le regard de l'officier, Awab posait ses yeux tour à tour sur le poisson qu'elle faisait griller et sur la fillette. Sehouna s'efforçait d'observer les flammes, mais elles finirent par lui arracher des larmes. Elle releva brusquement la tête, rencontra les yeux rouges de la femme. Et frémit.

— Je veux rentrer, balbutia Sehouna d'une voix si ténue qu'on ne l'entendit pas plus qu'une filée de vent.

Debout derrière elle, les trois pêcheurs dansaient d'un pied sur l'autre, mal à l'aise eux aussi. À chaque question de Kâ, la vieille s'était contentée de pincer les lèvres. Elle se moquait d'eux, c'était évident. S'ils tardaient à repartir, les immondes créatures des marais allaient les encercler et les entraîner dans les mondes souterrains. Pourquoi l'officier ne trempait-il pas la tête d'Awab dans l'eau pour l'obliger à lui révéler où était le Sauvage ? Tout à coup, sans ajouter un mot, sans même proférer la moindre menace, Kâ tourna les talons et se dirigea vers les bacholes. Sehouna courut derrière lui, soulagée de quitter cet endroit qui dégageait une odeur fétide, mélange de plantes en décomposition et d'haleines de crocodile.

— Elle ne nous a rien appris, grogna le chef du village après les avoir rejoints. Autant interroger un tronc d'arbre.

— Il y avait de la colère dans ses yeux, annonça Kâ, et son visage était terrible. Le visage qu'ont les dieux quand ils jettent une malédiction.

— C'était contre nous.

— Je ne crois pas. Nous n'existions pas pour elle. Tout son esprit était tendu vers autre chose.

— Elle priait les forces de l'isefet[4] de nous tenir éloignés de son fils, supposa l'un des hommes

4. Si le maât représente les forces du Bien, l'isefet représente celles du Mal.

comme ils se répartissaient dans les deux embarcations. Nous aurions dû fouiller l'îlot. Je suis certain que le Sauvage est caché ici et qu'il va réapparaître dès que nous serons partis.

Kâ donna le premier coup de pagaie.

— Ses gestes ont parlé pour elle : elle n'a fait griller qu'un poisson. Son fils n'est pas dans l'île.

Un pêcheur s'esclaffa.

— C'était pour nous tromper! Il faut être bien naïf pour...

— En d'autres circonstances, je l'admettrais, répondit Kâ sans s'offusquer. Là, j'ai senti que cette vieille femme ne cherchait pas à feindre.

Il se pencha vers Sehouna assise sur les talons, devant lui.

— Et toi? reprit-il. Qu'en penses-tu? On raconte que les enfants ont parfois une meilleure perception que les adultes.

— Moi, dit la gamine en sortant de son mutisme, j'ai senti la mort. La mort partout!

4

LA BARQUE D'HATHOR

Kâ se frotta les yeux. Il avait peu dormi durant la nuit et s'était rendu tôt le matin dans son bureau. La veille, à son retour des marais, il avait présenté son rapport à Pharaon, mais celui-ci ne paraissait pas encore convaincu du fait que sa fille ait pu être enlevée. C'était donc à l'officier de trouver des éléments infirmant ou confirmant la thèse d'un enlèvement. Et dans les plus brefs délais !

Kâ saisit une des tablettes recouvertes de plâtre sur lesquelles ses adjoints notaient les plaintes dont il n'avait pas eu le temps de prendre connaissance. Il la parcourut rapidement des yeux.

— Vol d'une oie, soupira-t-il en la mettant de côté. À coup sûr, c'est encore Thouyi, l'hirondelle des rues !

Il avait un faible pour cette fille, une orpheline de l'âge de Tirya, qui excellait dans l'art de chaparder les pains et les viandes destinés aux tables des riches. Il passa aux tablettes suivantes, les jugea sans grand intérêt. L'avant-dernière retint pourtant son attention.

— Tiens, le temple d'Hathor requiert mon aide. Voyons pour quelle raison !

Après avoir lu la déposition, il claqua des doigts, saisi d'une brusque intuition.

— Une barque funéraire et deux sarcophages ont disparu... Or une barque à l'effigie d'Hathor a été vue hier, non loin de l'endroit où la princesse et son ami se sont volatilisés. Y aurait-il un rapport entre les deux ?

Il se leva, fixa son gourdin à sa ceinture, alla détacher un des babouins qui servaient à assurer l'ordre sur les marchés, et l'emmena avec lui à travers les rues de Saïs, vers le quartier des Bandelettes où était érigé le petit sanctuaire consacré à Hathor, la déesse de la musique et de la danse.

Les prêtres de l'aube versaient du lait devant les pylônes afin d'assurer la protection magique du lieu. Dame Sakhmis, la Grande Adoratrice de la Vache Céleste, reçut Kâ dans le jardin du temple. Un chant cristallin, porté par des voix féminines, s'envolait de la Maison de Vie qui servait à la fois d'école et de bibliothèque.

— Cet animal est-il vraiment nécessaire ? demanda Dame Sakhmis en désignant le singe qui n'arrêtait pas de se gratter, comme si cela lui procurait un double plaisir : calmer ses démangeaisons et faire naître une brûlure délicieuse.

— Depuis que mon prédécesseur a été assassiné[1], je m'entoure de précautions. Et puis le babouin n'est-il pas l'une des représentations de Thot ? Sa présence dans un temple ne me paraît pas déplacée.

La prêtresse hocha la tête : l'argument était pertinent. Sans perdre de temps, elle lui apprit qu'une des barques servant au transport des prêtresses défuntes avait été dérobée la veille, au cours de la nuit.

1. Voir *Le Pharaon de l'ombre.*

— Où sont-elles entreposées ?

— Dans un bassin, près de la chapelle des morts où se pratique la momification. La porte de la chapelle a été fracturée, et deux sarcophages ont été volés.

— Qui a accès à cet endroit ?

— Les embaumeurs, les prêtres attachés au culte funéraire, et ceux qu'on appelle les prêtres extérieurs, les seuls autorisés à se rendre dans la ville. Ce sont eux qui nous fournissent en nourriture et en instruments en tout genre. À l'inverse des prêtresses, leurs logements se situent en bordure de l'enceinte qui délimite le sanctuaire.

— De ce fait, ils peuvent facilement mettre la main sur les objets du temple, conclut l'officier.

Dame Sakhmis se raidit. Ses yeux lancèrent des éclairs.

— Les Servants de la Déesse ne sont pas des voleurs !

— La barque ne s'est pas envolée toute seule ! rétorqua l'homme sur le même ton. Il a bien fallu que des rameurs la manœuvrent, que quelqu'un relève la grille séparant le bassin de l'extérieur. Un prêtre est-il manquant ?

La Grande Adoratrice fit non de la tête.

— Deux prêtresses peut-être ?

La réponse fut identique.

— Ni musicienne, ni chanteuse, ni danseuse ! assura Dame Sakhmis. Et nous n'avons enregistré aucun décès depuis trois ans.

Kâ songea à la barque qu'avait vue passer la femme qui lavait son linge. Il essaya d'imaginer la scène : les rameurs, les joueuses de « mains d'Hathor », le prêtre à la proue ouvrant aux morts le chemin vers les demeures d'éternité. Une savante mise en scène qui nécessitait une solide organisation. Mais dans quel but ? Et qui étaient les deux morts dans les sarcophages ?

Tout en parlant, Kâ et la grande prêtresse remontaient l'allée du jardin. Ils croisèrent des jardiniers ainsi qu'un groupe de jeunes filles qui s'initiaient aux danses sacrées sous la conduite d'une matrone à la voix forte.

— Outre la protection magique qui entoure ce lieu saint, je présume qu'il y a aussi des gardiens, reprit Kâ.

— Pas au sens de sentinelles de caserne. Mes prêtresses sont responsables des harpes et des flûtes sacrées, des offrandes et des bols d'encens, mais il ne viendrait à l'idée de personne de commettre un sacrilège en subtilisant un instrument de musique ou un collier de fleurs.

— Les barques ne sont pas gardées ?

— Ce ne sont pas des embarcations sacrées.

Kâ soupira. Il doutait de découvrir le moindre indice dans ce temple. Des cris éclatèrent soudain près d'un bassin. Des porteuses de fleurs s'écartèrent, certaines s'enfuirent avec des gestes affolés.

— Eh bien ! s'exclama Dame Sakhmis. Qui est responsable de ce désordre ?

Un vieil homme chargé de soigner les oiseaux sacrés du temple se présenta en courbant l'échine. Kâ remarqua tout de suite le filet de sang qui s'écoulait de sa main.

— Pardonnez-moi d'insister, Dame Sakhmis, mais ce crocodile n'est vraiment pas à sa place ici. Il faudrait l'envoyer à Chedit, dans le Fayoum, où l'on célèbre le culte de Sobek... ou bien le rejeter dans le Nil. Pour lors, je viens de le repousser dans le bassin, mais il va en ressortir.

— Vous élevez un crocodile ? s'étonna Kâ.

— C'est une bête qui nous a été apportée en offrande avant-hier, expliqua Dame Sakhmis. Oh, c'est un tout jeune crocodile ! précisa-t-elle. Il mesure à peine une coudée, mais il donne déjà bien du fil à retordre à Hâké.

Hâké essuya le sang contre son pagne.

— Il faut être fou pour offrir un tel animal à Hathor. Lorsqu'il sera adulte, il videra le temple de ses prêtresses.

— Qui vous l'a remis ? demanda Kâ en riant.

— Un grand gaillard qui sentait le marécage. À le voir, j'avais l'impression qu'il était lui-même sorti d'un cloaque de crocodile.

Le rire se figea sur le visage de l'officier.

— Le Sauvage... bredouilla-t-il.

— Le prêtre qui reçoit les offrandes à la Grande Porte n'a pas commis l'imprudence de prendre l'animal dans ses bras, lui, poursuivit le vieil Hâké. Il a laissé entrer le gaillard en lui indiquant où me trouver.

Kâ porta deux doigts à ses lèvres, comme il en avait l'habitude quand il voyait enfin s'éclaircir un mystère.

— Je commence à comprendre. En se présentant avec un tel petit monstre, l'individu savait qu'on lui permettrait de pénétrer dans la place. L'avez-vous raccompagné à la porte ?

— J'avais assez de mal avec la bestiole, grogna Hâké.

— Allons interroger le prêtre de la Grande Porte, proposa Dame Sakhmis.

— Je peux deviner sa réponse, dit Kâ : il aura eu tant à faire avec les autres porteurs d'offrandes qu'il n'aura pas pris garde au retour du bonhomme. Je crois pouvoir affirmer sans me tromper que le Sauvage se sera caché dans le jardin, dans une cabane où l'on remise les outils, qu'il aura attendu la nuit pour se glisser jusqu'aux barques funéraires et qu'il aura soulevé la grille pour livrer passage à ses complices. Après avoir forcé la chapelle pour s'emparer des sarcophages, il sera reparti avec eux dans la barque.

— Que veut faire cet homme avec une barque d'Hathor? s'enquit la grande prêtresse.

— Les embarcations funéraires sont les seules à pouvoir naviguer sans jamais être contrôlées.

— Vous soupçonnez un trafic de marchandises? De l'ivoire ou de l'or nubien détournés de leur véritable destination?

— J'ai peur d'entrevoir une réalité bien plus terrible, Dame Sakhmis.

Réunis autour de Kâ dans une aile de la Maison du Sceau qui abritait à la fois les bureaux de la Sécurité et les services de l'Impôt, les policiers recevaient les ordres pour la journée.

— Il convient avant tout de mettre la main sur le Sauvage! déclara Kâ après avoir évoqué l'affaire devant ses hommes. Il n'est plus recherché en tant que témoin mais en tant que suspect. Certains d'entre vous le connaissent. Surveillez son îlot et sa mère ! Ne craignez pas de vous enfoncer dans les bas-fonds de Saïs pour glaner des renseignements sur lui !

— Il a pu fuir sur la barque d'Hathor, fit remarquer un sous-officier.

— Non. Il a été aperçu dans sa bachole par un bouvier après le passage de l'embarcation funéraire. Par ailleurs j'ai fait prévenir Ménélas pour qu'il lance des chars derrière elle.

— Que transporte-t-elle de si précieux ? Un trésor volé dans une tombe ?

— Il est probable que les deux sarcophages contiennent les corps de Tirya et d'Hermès.

— La fille de Pharaon est morte ? s'étrangla l'un des policiers.

— Je ne crois pas, répondit Kâ, mais l'hypothèse d'un enlèvement se précise.

Le bruit d'une course dans le couloir leur fit dresser l'oreille. Un homme pénétra en trombe dans la pièce. Kâ le regarda en fronçant les sourcils, appelant une explication.

— Un cadavre sans tête a été découvert dans un ancien hangar à bateaux que les pêcheurs n'utilisent plus depuis longtemps. Ce sont les chiens qui...

— Cela peut attendre, gronda Kâ, je n'ai pas terminé.

— La masure est située juste en face de l'endroit où la princesse et son ami ont disparu, insista le policier. J'ai pensé qu'il pouvait y avoir un rapport entre les deux événements.

Kâ expédia son conseil en quelques phrases, puis il fit apprêter son char. Accompagné par l'homme venu l'avertir, il galopa jusqu'au port et se fit conduire en barque sur la rive gauche, à l'emplacement du hangar désaffecté. Deux paysans gardaient le corps, empêchant l'approche des chiens et des crocodiles. Kâ constata en effet que la bâtisse se trouvait en face de la cannaie, et qu'il n'y avait que le fleuve à franchir pour transporter d'éventuels prisonniers d'un endroit à l'autre. L'officier s'arrêta devant le corps qui dégageait une odeur de charogne.

— Il était là, indiqua l'un des paysans. Nous ne l'avons pas bougé. Ce sont les chiens qui ont attiré notre attention : ils entraient et sortaient sans cesser d'aboyer.

Kâ se pencha, examina le cadavre, qui était celui de Khouf, le complice du Sauvage.

— Il a été décapité d'un seul coup, observa-t-il. Celui qui l'a frappé sait manier une arme. Aucun d'entre vous n'a vu rôder cet homme par ici hier ou au cours des jours précédents ? demanda-t-il.

Les deux paysans secouèrent la tête.

— Plus personne ne se risque à entreposer des bateaux dans ce hangar. Le toit menace de tomber, et les murs ne sont pas en meilleur état. Cela fait un moment que nous avons interdit aux gosses de venir jouer là-dedans.

— Pourtant cette claie est récente, fit remarquer Kâ en donnant un petit coup de pied dans un treillage de roseaux. Elle masque l'intérieur à la vue de ceux qui naviguent sur le fleuve ou qui travaillent dans la plantation, de l'autre côté... Vous n'avez pas retrouvé la tête ?

— Non. Le choc l'aura fait sauter dans l'eau, ou bien son assassin l'aura emportée.

— Nous ne sommes pas prêts de savoir qui était ce gaillard, ronchonna le policier.

— J'ai ma petite idée, souligna Kâ. Son pagne et ses sandales portent des traces de vase. Ses mains sont aussi calleuses que de la peau de crocodile. Il pourrait s'agir du Sauvage.

— Ou de n'importe quel maraudeur réfugié dans les marécages, rectifia son compagnon.

Kâ ne releva pas. Son opinion était faite. Dès qu'il aurait présenté son compte-rendu à Pharaon, il irait rapporter le corps à la vieille Awab.

*

* *

Amasis affichait un visage grave. Cette fois, il semblait se rendre à l'évidence : tout laissait supposer que Tirya et Hermès avaient bien été victimes d'un enlèvement.

— Qui cherche encore à nous détruire ? grommela-t-il, se parlant à lui-même. Est-ce une nouvelle conspiration ? Une basse vengeance ?

Debout près de lui, Kâ et Ménélas sentaient poindre la colère de Pharaon.

— Ce hangar branlant aura servi à dissimuler la barque d'Hathor et les deux sarcophages, supposa Kâ.

— Phanès vient de rentrer de la Colline des Pharaons, déclara Ménélas. Aucune barque funéraire ne s'est rendue au temple, personne n'a été inhumé dans le domaine d'Hathor. Les ravisseurs ont poursuivi leur navigation vers le nord.

Amasis se leva de son siège et se mit à marcher de long en large, les poings serrés derrière son dos.

— J'ai lancé des chars sur les deux rives du fleuve, poursuivit Ménélas, en renfort des hommes déjà envoyés par Kâ.

— Trop tard ! Beaucoup trop tard ! ragea Pharaon, en fureur contre lui-même pour n'avoir pas réagi plus tôt. Ces canailles ont eu toute la nuit pour atteindre la mer.

— S'ils se sont arrêtés, nous les trouverons, assura Kâ. Nous allons fouiller toutes les localités de Saïs à Pegwti.

— Nous n'avons pas affaire à de simples fripouilles, comprit Amasis. Le plan a été préparé dans les moindres détails. Hermès avait annoncé son arrivée pour hier ; sachant que Tirya irait l'attendre au port, les ravisseurs connaissaient le lieu et l'instant où ma fille et son ami seraient seuls, privés de protection.

Amasis se tourna vers les deux hommes. Ses yeux flamboyaient de colère contenue. Il assena :

— Et s'ils étaient si bien renseignés...

L'évidence frappa Kâ et Ménélas.

— C'est que l'information est partie du palais, termina le chef de la sécurité.

— Il ne peut pas s'agir d'une indiscrétion de servante, renchérit Ménélas, les ravisseurs n'auraient pas eu le temps de tout organiser au pied levé. Le serpent qui a manigancé cela est au courant des habitudes de Tirya : il vit donc près de nous.

5

LA NUIT DU SARCOPHAGE

Lourd. L'air était lourd et noir. Respirer se révélait difficile. Tirya essaya de bouger, mais ses épaules frottaient contre le bois, et ses mains étaient entravées. Sa tête la faisait souffrir, son bâillon lui brûlait la bouche ; une soif terrible asséchait sa gorge, et chaque inspiration soulevait sa poitrine avec un ronflement de forge. Elle tenta à nouveau de cogner dans le couvercle du sarcophage avec ses genoux. La douleur lui arracha des larmes. À force de frapper sur le bois pour tâcher de soulever le couvercle, ses genoux et ses coudes s'étaient tuméfiés. « Qui sont-ils ? se répéta la jeune fille. Que veulent-ils ? Où nous emmènent-ils ? » Les ravisseurs avaient ouvert les sarcophages une seule fois au cours de la nuit afin de permettre à leurs prisonniers de se désaltérer et d'avaler une mauvaise purée de lentilles. Tirya les avait alors submergés de questions, mais ils étaient restés des ombres anonymes et muettes. La princesse avait cependant noté la présence de deux femmes. La clarté lunaire moulant leur corps, elle en avait déduit qu'elles étaient vêtues de robes diaphanes, à l'instar des prêtresses.

Tirya soupira. Cela ne servait à rien de se débattre dans cette boîte. Elle ferma les yeux, essaya de se remémorer point par point les phases de l'enlèvement. L'attaque avait été fulgurante. Les roseaux s'étaient écartés et une brute avait surgi, armée d'un gourdin. Stupéfaite, Tirya était encore lovée dans les bras d'Hermès quand l'agresseur avait abattu son arme entre les épaules du jeune Grec, lui coupant la respiration. La jeune fille allait crier lorsqu'un froissement, dans son dos, l'avait fait se retourner. Un deuxième homme était apparu, qui lui avait emprisonné un bras et plaqué une main sur la bouche. Elle avait tenté de résister, mais en vain. Elle avait juste eu le temps de voir Hermès à terre, et l'autre lui assener un dernier coup sur le crâne, avant de tomber elle-même, atteinte au ventre. Un poing l'avait ensuite frappée à la tempe, lui faisant perdre connaissance. Tirya était revenue à elle un peu plus tard, dans un ancien abri pour bateaux. Une barque funéraire à l'effigie d'Hathor était dissimulée là, ainsi que deux sarcophages empilés l'un sur l'autre. Assis sur les talons, les deux assaillants lui tournaient le dos et semblaient attendre des complices. Hermès avait gémi à ce moment. Avisant ses cheveux poisseux de sang, Tirya s'était redressée pour aller vers lui. Mais l'un des hommes l'avait attrapée par l'épaule et rejetée au sol.

— Arrête Khouf ! Ne la tue pas ! avait crié son acolyte, le retenant d'assommer à nouveau la jeune fille.

— Imbécile ! avait craché Khouf. Maintenant elle connaît mon nom.

— Ne t'en fais pas, elle n'aura pas l'occasion de te faire rechercher.

Celui qui avait parlé le dernier sentait le pourri des

marécages. Comprenant qu'il s'agissait d'hommes de main, Tirya leur avait promis des bijoux en échange de sa liberté et de celle d'Hermès. Si le Sauvage avait prêté une oreille attentive à la proposition de la princesse, Khouf avait réagi violemment.

— Ne l'écoute pas, avait-il dit en tirant de son pagne une bande de tissu, si tu trahis le chef, il te le fera payer très cher. Et à quoi te servira un collier d'or si tu n'as plus de tête ?

Il avait bâillonné Tirya, puis Hermès, et leur avait lié les mains et enfoui la tête dans un sac.

— Nous voilà tranquilles ! avait-il ensuite déclaré au Sauvage. Tu devrais retourner près de la cannaie afin de t'assurer que personne ne nous a aperçus et qu'on ne les recherche pas déjà au milieu des papyrus. Je n'aimerais pas qu'un pêcheur vienne fouiner par ici.

— Il y avait une gamine avec eux.

— Je l'ai vue courir vers le village derrière son singe. Elle ne représente aucun danger pour nous. J'attendrai le chef ici après le départ de la barque. Toi, tu auras ta part ce soir, comme convenu.

Le Sauvage était reparti. Après une courte attente, un groupe était entré dans le hangar. Alors tout avait été très vite. Les deux jeunes gens avaient été relevés sans ménagement, conduits dans la barque et contraints de s'allonger chacun dans un sarcophage. On leur avait retiré le sac avant de refermer le couvercle sur eux, puis ç'avait été le noir.

Le noir. Le bruit des rames. Le balancement de la barque sur les flots. La douleur qui bat dans la tête. Et cette terrible impression d'étouffer, comme s'ils avaient été enterrés vivants. Jamais une nuit n'avait été aussi longue !

Aux petits cônes de lumière dorée qui s'infiltraient par les trous pratiqués dans le sarcophage, Tirya se rendit compte que l'aube s'était levée. Un brin d'air frais se coulait dans le cercueil, plus vif, plus salin que l'atmosphère moite des marécages. En même temps elle remarqua que l'embarcation tanguait et roulait, soulevée par des eaux plus animées. « Nous avons atteint la mer, présuma-t-elle. Nous devons longer la baie de Pegwti[1] pour rejoindre le port. Mais qu'ont-ils donc en tête ? Que veulent-ils faire d'Hermès et de moi ? »

Pegwti était en vue depuis un moment, mais Imef, le faux prêtre qui dirigeait la barque funéraire, préférait éviter le port. Des soldats et des policiers surveillaient toujours le déchargement et l'embarquement des marchandises, et ils pourraient s'étonner que l'on fasse quitter l'Égypte à des sarcophages contenant les dépouilles de deux Servants d'Hathor. Aussi les rameurs avaient-ils arrêté l'embarcation à bonne distance des quais, loin des regards indiscrets.

Un navire quitta Pegwti. Il déploya sa voile sitôt qu'il eut le vent en poupe. Imef plaça sa main en visière et suivit la marche du vaisseau.

— Ce n'est pas lui, grogna-t-il. C'est un bateau phénicien. Il doit aller en Orient.

En effet, le navire vira à tribord avant d'arriver à

1. Aujourd'hui la baie d'Aboukir.

leur hauteur, provoquant une telle houle que la barque subit un fort coup de tangage.

— Ça va les réveiller, là-dedans, rit une des joueuses de « mains d'Hathor » en désignant les sarcophages.

Tirya essaya de se rappeler si elle avait déjà entendu cette voix, mais elle lui était inconnue. Un deuxième navire sortit du port, mu à la rame car il avançait contre le vent.

— Le voilà ! s'exclama Imef. Portez-nous devant lui !

Le *Fil d'Ariane* était un bâtiment crétois, lourd et rond, au mât rabattu, et actionné par un seul rang de rameurs. Son capitaine — un vieux sec comme un pied de vigne — fit relever les avirons lorsqu'il s'aperçut que la barque se plaçait en travers de sa route. Le vaisseau glissa sur la mer avant de s'immobiliser. L'embarcation funéraire vint se coller à son flanc.

— Es-tu Bakros ? cria Imef à l'homme qui se penchait par-dessus le bastingage.

— Que me veux-tu ? gronda l'autre, l'air peu avenant.

— Traiter avec toi !

Le capitaine remarqua les deux sarcophages.

— Je ne transporte pas de momies, déclara-t-il.

Imef fit un signe. Ses hommes soulevèrent les couvercles des cercueils. Aveuglés par le soleil, Tirya et Hermès se protégèrent aussitôt les yeux.

— Qu'est-ce que cela signifie ? s'étonna Bakros. Qui sont ces deux-là ? Pourquoi les avez-vous bâillonnés et leur avez-vous attaché les mains ?

— Pour toi, ce sont des esclaves ! Prends-les à ton

bord et va les vendre aux Sicules ! Tu en tireras un bon prix. L'île[2] est bien sur ton chemin, non ?

— Ma destination est Crotone[3], en Grande Grèce, répondit le Crétois. Je n'ai que faire de tes deux greluchons qui ne tiennent même pas debout.

Arrachés de leur sarcophage, les deux jeunes gens flageolaient sur leurs jambes. Imef tendit alors un petit coffret à Bakros.

— Non seulement tu récolteras de belles pièces en vendant ces deux-là, mais en plus voilà de quoi payer leur transport et ton silence.

Le capitaine prit le coffret, l'ouvrit. Ses yeux et sa bouche s'arrondirent de surprise et d'émerveillement.

— Il faut que tu sois vraiment pressé de te débarrasser d'eux pour m'offrir de telles splendeurs. Tu as dû piller un tombeau pour te procurer ces objets.

Son regard se fit plus aiguisé.

— Qui sont-ils ? Quel danger représentent-ils pour toi ou ceux qui t'envoient ? Pourquoi ne pas simplement les jeter à la mer ?

— Le contenu de ce coffret te fournit la réponse : crève-toi les yeux, bouche-toi les oreilles, coupe-toi la langue et tu vivras heureux ! Si ta curiosité est plus forte, rends-moi la boîte !

Pendant qu'ils parlaient, Tirya étudiait les visages à la dérobée. Elle n'en connaissait aucun, mais si les ravisseurs ne craignaient plus de se montrer, c'est qu'ils se sentaient hors de danger, et sûrs que leurs victimes ne reviendraient jamais. Hermès avait

2. La Sicile.

3. Au sud de l'Italie.

la tête couverte de croûtes de sang séché, et une énorme bosse sur le front. Elle s'approcha de lui, appuya son épaule contre la sienne dans un geste d'attendrissement et de soutien. Le jeune homme gonfla sa poitrine pour signifier qu'elle pouvait compter sur lui pour la défendre.

Bakros eut un sourire de requin.

— Nous sommes d'accord, dit-il en escamotant le coffret. Détache-leur les mains pour qu'ils puissent grimper à bord !

Dès qu'elle eut les mains libres, Tirya retira son bâillon.

— Je suis la fille de Pharaon ! clama-t-elle en s'adressant à Bakros. Ces cloportes nous ont enlevés à Saïs ! Empare-toi d'eux et livre-les aux gardes de Pegwti ! Mon père te récompensera largement !

— Ne l'écoute pas, c'est une folle ! avertit Imef.

— Dernièrement, elle s'est présentée à des paysans comme étant la fille d'Isis, ajouta une femme. Elle exigeait qu'ils l'adorent et lui remettent des offrandes.

La riposte de Tirya fut immédiate : elle se tourna vers elle et libéra un flot d'injures, expulsant la colère qui bouillonnait en elle depuis la veille.

— Pets de crapauds ! termina-t-elle, englobant tous ses ravisseurs dans l'insulte. Je porte sur moi la preuve de ce que j'affirme ! lança-t-elle au capitaine. Mon nom est inscrit dans un cartouche royal sur le scarabée de Néfertari.

Elle chercha le cordon autour de son cou.

— J'ai perdu mon amulette ! constata-t-elle. À moins que ces baves de larves ne me l'aient volée pour cacher mon identité !

— Monte ! ordonna Bakros. Je préfère tenir un coffret bien réel dans mes mains plutôt que de rêver à deux autres. Si tu mens, je perds tout ; si tu dis vrai, rien ne m'assure que Pharaon ne me condamnera pas aux mines en raison de mes nombreux trafics.

— Réfléchis, Bakros ! insista Tirya comme une corde tombait devant elle. Si je pose le pied sur ton navire, ta tête et celles de ton équipage ne pèseront plus lourd sur vos épaules.

Imef brusqua la jeune fille afin qu'elle attrape la corde. Alors, dans un rugissement de fauve, Hermès se rua sur lui, le souleva et le précipita dans la mer. Les rameurs ceinturèrent le jeune homme juste avant qu'il ne parvienne à s'emparer d'une pagaie pour les frapper. De leur côté, les femmes luttaient avec Tirya pour l'obliger à grimper. Dans l'empoignade, la robe de l'une d'elles se déchira de haut en bas. Bakros dépêcha un de ses hommes pour maîtriser la princesse et l'amener à son bord. Dans l'eau, Imef avait refait surface et se débattait, hurlant qu'il ne savait pas nager. Il coula avant que ses complices ne puissent lui venir en aide.

Quand les deux jeunes gens se retrouvèrent sur le *Fil d'Ariane*, le capitaine toisa Hermès de la tête aux pieds.

— Le gaillard me paraît solide. Nettoie ses plaies et entoure son front d'une compresse, commanda-t-il à Tirya. Après quoi il rejoindra le banc des rameurs.

— Hermès est mon ami ! s'offusqua la jeune fille. Il n'ira pas...

— Vous êtes des esclaves, à ce que j'ai compris ! gronda Bakros.

— Regarde nos mains et nos vêtements ! se défendit Hermès. Ce ne sont pas ceux d'esclaves.

— Vous avez pu voler cette robe et cette tunique. Quant à tes mains, elles ne seront pas longues à porter l'empreinte de ta servitude. Toi, la belle, soigne ce Grec puis disparais dans la cabine ! Je tiens à te soustraire à la vue de mon équipage. Tu es la seule fille à bord. Je ne veux pas de querelles sur mon bateau à ton sujet.

D'un mouvement de la tête, il donna l'ordre à un joueur de flûte de relancer la souquée. Le vaisseau reprit sa route vers le grand large tandis que la barque d'Hathor retournait vers la côte. Une fois à l'abri dans les marécages, ses occupants la détruiraient avant de regagner Saïs en embarquant séparément sur des bateaux de charge. Aucun d'eux n'était en mesure d'aller rendre compte à Vent du Nord de la réussite de leur mission car ils ignoraient son existence, Imef, Khouf et le Sauvage ayant été ses seuls intermédiaires.

6

LES MOTS DE SAÏS

La vieille Awab ressemblait à un tas de chiffons oublié dans l'angle d'une porte. Ceux qui entraient ou sortaient de la maison de la bière lui marchaient dessus avant de la découvrir et de crier :

— Va-t'en de là ! Tu vas nous faire tomber ! Tu es pire que les chiens ! Eux au moins ne viennent plus s'affaler sur le seuil !

À force de coups de pied et de coups de gueule, les chiens avaient compris qu'il valait mieux pour eux transporter leurs puces ailleurs, mais ils n'étaient pas animés de la farouche détermination qui brûlait au fond de la vieille femme. Elle voulait savoir qui était Vent du Nord. Elle n'avait pas bien vu ses traits mais elle était certaine de pouvoir reconnaître sa voix entre mille. Aussi traînait-elle d'une taverne à l'autre dans l'espoir de surprendre son intonation. L'endroit où Awab s'était établie ce soir-là se trouvait proche du temple d'Hathor. Les habitués étaient des porteurs d'offrandes ainsi que des ouvriers qui fabriquaient les bandelettes de lin dont on enveloppait les momies. Plus rares étaient les soldats, mais la vieille femme en avait vu entrer trois. Sachant que la bière déliait les langues, elle avait collé son oreille contre la porte : l'un d'eux finirait bien par prononcer le nom de ses officiers. Si c'était celui qu'elle espérait, elle trouverait le moyen de tirer les vers du nez du soldat.

— Ho ! Tu es sourde, la vieille !

La voix venait de claquer au-dessus d'elle. La première chose qu'elle vit en levant les yeux fut un énorme abdomen qui dépassait de son pagne.

— Je t'ai dit de te pousser, paquet d'os ! reprit la voix.

Awab ne bougea pas. Les trois soldats avaient commencé à brailler et elle ne voulait rien perdre de leurs paroles. Le gros haussa les épaules et lui écrasa délibérément les doigts.

Haut les coudes, compagnons !
Buvons à Vent du Nord !
Rien de tel qu'un bon coup
Avant le corps à corps !

Le cœur d'Awab fit un bond dans sa poitrine. Enfin ! L'autre pouvait bien lui piétiner la figure, elle ne s'écarterait pas d'un pouce. Le gros entra. Le temps de l'ouverture de la porte, Awab aperçut les soldats assis sur des nattes, et qui se tapaient sur les cuisses en rigolant. Le battant se referma. La vieille décida alors d'aller s'embusquer au coin d'une rue et d'attendre que l'un ou l'autre ressorte.

Les soldats reparurent peu après la mi-nuit. Awab aurait aimé qu'ils se séparent, mais ils restèrent ensemble, arpentant les ruelles en se tenant par les épaules. Un seul, elle aurait su comment l'aborder, choisir ses mots, composer le velours de sa voix pour l'amener aux confidences ; mais arrêter ces trois outres à bière et les interroger sur Vent du Nord ne lui apporteraient que moqueries et insultes, elle le savait. Aussi se résolut-elle à les suivre jusqu'à leur casernement. Elle apprendrait au moins quel corps d'armée commandait l'assassin de son fils... Pourtant, lorsque les trois hommes arrivèrent sur le port et qu'ils franchirent une passerelle d'un pas hésitant, la déception d'Awab fut intense : *Vent du Nord* était le nom d'un navire de guerre.

*
* *

De son jardin, Vent du Nord entendait le grondement des chars à l'entraînement. Chaque fois qu'un serviteur passait dans une allée, il tressaillait, s'attendant à recevoir enfin des nouvelles d'Imef, le faux prêtre d'Hathor. Cela faisait deux jours que le bougre aurait dû rendre son rapport. Sans nouvelles, Vent du Nord imaginait le pire. Il craignait même que les policiers de Kâ n'investissent sa maison et ne viennent l'arrêter. S'il tombait, son chef tomberait aussi. La kenebet[1] se montrerait peut-être indulgente envers lui s'il dénonçait tous ses complices.

— Nous n'en sommes pas encore là, murmura-t-il pour se rassurer.

Secouant des crotales et frappant sur des tambourins, trois jeunes danseuses se déhanchaient devant lui, espérant bien le dérider pour gagner un repas. Un soldat apparut soudain au détour d'une haie. Bien qu'à la retraite, Vent du Nord bénéficiait tou-

1. Le tribunal.

jours des privilèges dus à un officier de haut rang. L'homme s'inclina devant lui.

— Mon général, une certaine Sédeinga insiste pour vous voir. Elle se dit porteuse d'herbes médicinales mais refuse de déposer son panier aux cuisines.

— Des herbes médicinales? Ce doit être une de ces femmes moitié voleuses moitié magiciennes qui proposent leurs sorts et leurs remèdes de ville en ville. Laisse-la venir! Qui sait, elle arrivera peut-être à soulager mes intestins? Si tu veux chasser quelqu'un, reconduis donc ces trois-là! Elles me cassent les oreilles et ont autant de grâce que des autruches.

Les danseuses envolées, Vent du Nord ressentit le petit picotement qu'il avait éprouvé juste avant d'abattre sa lame sur la nuque de Khouf et du Sauvage. Il ferma les yeux, croisa les doigts sur son ventre, offrant l'image paisible d'un vieil homme endormi sur son siège, à l'ombre des tamaris. Lorsqu'il les rouvrit, il ne put s'empêcher de sursauter : la femme était déjà devant lui, alors qu'il n'avait même pas discerné le bruit de ses pas sur les graviers. Grande, encore belle malgré le poids des années, elle observait Vent du Nord d'un petit air malicieux.

— As-tu de quoi me guérir de mes ennuis? commença-t-il.

— Je le crois, affirma Sédeinga en lui décochant un clin d'œil. Voilà un excellent sirop de figues pour combattre l'impuissance!

— Gare à toi, guenon, ou tu vas tâter de mon bâton! se fâcha Vent du Nord. Ne serais-tu qu'une marchande de printemps?

— J'ai des figues noires aux vertus pectorales, des feuilles de menthe pour les troubles gastriques...

— Donne-m'en deux bottes !

— Des fruits de l'érable sycomore au pouvoir adoucissant, des pavots pour calmer la douleur ou prolonger les nuits, du miel d'abeilles blanches pour favoriser la cautérisation des plaies, du kohol[2] pour les yeux, des onguents à base de blé, indispensables pour soigner les maladies de la peau...

Vent du Nord arrêta la litanie d'un geste.

— Tu me fatigues, soupira-t-il. N'aurais-tu point quelque expédient contre les cobras noirs ? Mon jardin en est infesté.

Sédeinga prit un air entendu. Elle enfouit la main au fond de son panier, jeta un rapide coup d'œil autour d'elle, puis sortit une petite fiole en céramique. Vent du Nord la saisit et la fit disparaître sous son vêtement.

— J'ai de l'herbe à grenouilles, répondit-elle, mais le moyen le plus efficace pour lutter contre ces bestioles reste encore la mangouste.

— Je prends les feuilles de menthe, répéta Vent du Nord. Va donc les accrocher dans la remise aux plantes, là-bas, afin qu'elles sèchent ! Tu y trouveras un sac, poursuivit-il en baissant la voix ; son contenu est pour toi.

La femme se fendit d'un sourire.

— Je suis contente de travailler pour toi, Vent du Nord. J'espère que tu réussiras à te débarrasser des serpents qui pourrissent ton existence.

2. Collyre obtenu en broyant de la galène (du minerai de plomb).

Son panier sur la hanche, elle se dirigea vers une cabane en roseaux adossée au tronc d'un palmier doum. Elle jeta une plaisanterie à un jardinier qui se brisait le dos à nettoyer des pieds de vigne, et poussa la porte de la resserre. Des plantes étaient déjà suspendues à des fils, la tête en bas, et elles diffusaient une odeur lourde et entêtante. Sédeinga avisa tout de suite un sac de lin grossier aux bourrelets prometteurs. Elle attacha les feuilles de menthe à un crochet puis, les yeux brillants, elle dénoua la cordelette qui fermait le sac et écarta les bords. Son expression se figea. Enroulé sur ses anneaux, un cobra gonfla son capuchon. Un éclair bleuté ! Sédeinga eut à peine conscience de l'attaque. Elle sentit la mort silencieuse lui brûler la main, et une douleur terrible irradier tout son corps. Elle tomba alors que le serpent serrait encore fermement sa main dans sa gueule.

Vent du Nord ne put s'empêcher de glousser en constatant que la femme ne ressortait plus de la remise.

— Je l'avais prévenue, jubila-t-il : il y a des serpents dans mon jardin.

Il héla le jardinier qui sarclait la vigne.

— Hé toi, va donc jeter un œil dans la resserre aux plantes ! L'arracheuse d'herbes met bien du temps à revenir. Je n'aimerais pas qu'elle remplisse son panier avec mes aromates.

L'homme lâcha sa houe et s'y rendit en courant. Vent du Nord attendit qu'il pousse un cri pour bondir de son siège. Il se composa une mine stupéfaite en voyant son employé sauter devant la porte avec des gestes d'affolement.

— Un cobra ! Un cobra ! hurla le bonhomme. Il a mordu la femme. Il va s'échapper par le jardin.

Ses clameurs attirèrent ses collègues, qui traquèrent aussitôt le serpent afin de le tuer avec leurs instruments. L'homme entra alors dans la remise, s'agenouilla près de Sédeinga et souleva légèrement sa tête. Vent du Nord, lui, resta sur le pas de la porte.

— Alors ? questionna-t-il.

— Elle est en train de mourir, indiqua le jardinier.

Lorsqu'elle aperçut le vieux général, la femme écarquilla les yeux, cherchant à s'exprimer par le regard. Elle voulut tendre un doigt vers lui pour l'accuser, mais ses membres étaient déjà raides, comme pétrifiés. Elle ouvrit la bouche, fit un effort pour expulser un mot de sa gorge... Une bulle de salive se forma, qui éclata avec son dernier soupir.

— C'est fini, dit le jardinier en reposant sa tête sur le sol.

— Emporte son corps, puis reviens vérifier s'il n'y a pas d'autres bestioles dans la remise ! Bouche tous les trous par lesquels elles peuvent se faufiler ! Cette malheureuse avait raison : je ferai bien de lâcher quelques mangoustes pour exterminer les créatures rampantes qui nichent dans les haies.

La nuit était tombée sur Saïs. Une nuit d'encre, avec une lune à peine plus épaisse qu'une pelure d'oignon. Quelques lumières échappées des lucarnes dessinaient des points rouges dans le noir, semblables aux yeux de Seth clignotant ça et là dans les ténèbres au-dessus des immensités désertiques. Une ombre attendait près d'un atelier de tissage, dans le quartier des Bandelettes où flottait une forte odeur d'eau croupissante. Elle se fondit dans la masse du bâtiment alors qu'au même instant trois silhouettes descendaient la rue en direction du port. Une autre apparut un peu plus tard, se découpant dans la lueur d'un brasero allumé sous un porche, et autour duquel une famille était rassemblée. « C'est lui, la reconnut l'ombre. C'est Vent du Nord. »

Elle accueillit le général et l'entraîna à l'écart, dans l'arrière-cour d'une vannerie abandonnée, uniquement habitée par des chats.

— J'espère que tu as de bonnes choses à m'apprendre, dit l'ombre.

Vent du Nord se dandina d'un pied sur l'autre, mal à l'aise.

— Imef devait m'informer du résultat de sa mission, or je n'ai toujours pas reçu de nouvelles de sa part. Je ne comprends pas ce qui le retarde à ce point.

L'ombre émit un grommellement d'insatisfaction.

— Tirya n'est pas rentrée au palais, je peux donc supposer qu'elle est bien à bord du *Fil d'Ariane*. Mais, une fois la barque détruite, Imef a sans doute rencontré des difficultés au moment de supprimer ses complices dans les marais.

— Il avait juste à leur servir un vin empoisonné pour célébrer leur succès. Il n'a pas pu échouer.

— Alors il aura récupéré l'or de la trahison et l'aura gardé pour lui au lieu de nous le restituer. Dans ce cas, il se sera embarqué pour l'Orient.

Vent du Nord secoua la tête.

— Non. Imef est mon neveu, il m'est tout dévoué. J'ai bien envie de refaire son trajet pour...

— Surtout pas ! Les hommes de Kâ se sont établis le long du Nil, et les ports sont sous étroite surveillance. Pas un canard ne s'envole sans qu'il ne soit aussitôt repéré.

— Nous ne serions pas dans une telle inquiétude si tu avais fait tuer la fille d'Amasis et son Grec plutôt que d'organiser leur enlèvement. C'était beaucoup plus facile.

— La vengeance est un nectar qui se savoure lentement, répondit l'ombre avec une délectation dans la voix. Ninétis doit suivre en rêve les souffrances de Tirya. Quant à moi, j'apprécie qu'Hermès partage son tourment.

— Ninétis peut bien rêver ce qu'elle veut, bougonna le général. Je persiste à dire que nous aurions mieux fait de trancher la gorge à ces deux jeunes. Ninétis n'en aurait jamais rien su.

— Je ne trompe pas qui me paie, gronda l'ombre. Ninétis reviendra. Son fils Cambyse montera sur le trône d'Égypte. Moutnefer, la grande prêtresse de Neith, l'a lu dans les braises[3].

— Nous serons morts quand cela arrivera : Cambyse n'est encore qu'un bébé.

— Cyrus prendra l'Égypte et en fera une satrapie, une province perse. Quand son fils sera roi, son empire s'étendra de l'Indus jusqu'au Nil. Jamais un Pharaon n'aura été aussi puissant. Cyrus saura récompenser ceux qui l'ont servi... D'autre part, qui t'a fait général ?

3. Voir *Le Loup des sept collines*.

— Pharaon Apriès, le père de Ninétis.

— Obéir à sa fille, c'est rendre hommage à sa mémoire.

— Je le sais, admit le vieil homme. C'est bien pour cela que je marche avec toi alors que bon nombre d'anciens partisans d'Apriès ont baissé les bras.

— As-tu la fiole ? demanda l'ombre.

Vent du Nord l'extirpa de son vêtement et la lui remit.

— Sédeinga l'empoisonneuse connaît son art, glissa-t-il à mi-voix. Sa préparation peut tuer un cheval.

— Je la distillerai au goutte à goutte. Le désir de Ninétis est que Pharaon voit dépérir la reine au fil des jours. Un peu comme si on lui enfonçait très lentement un poignard dans le cœur.

— C'est bien une vengeance de femme, fit Vent du Nord avec une mine dégoûtée. Moi, j'aurais préféré régler cela d'un coup de harpê.

— Qu'est devenue l'empoisonneuse ?

— Elle a manqué de prudence. Elle a mis la main sur un cobra, le confondant avec une ceinture de perles.

— Avait-elle une famille ?

— Un mari pêcheur — un certain Nata — et une fille marchande de lotus. L'homme n'est au courant de rien. Quant à la fille, elle a joué le rôle d'une des deux prêtresses d'Hathor dans l'enlèvement de Tirya. Si Imef a rempli sa mission, elle n'est plus en état de parler... Même dans le cas contraire, elle comprendra que son intérêt est de tenir sa langue, rajouta Vent du Nord.

— J'espère que tu sauras m'éviter tous les ennuis, général, termina l'ombre en insistant sur le mot *tous*. Maintenant, séparons-nous !

— À part Khouf et le Sauvage, les rameurs et les deux femmes ont été recrutés et payés par mon neveu. Ils ne nous connaissent pas. Même Imef ignore qu'il y a quelqu'un derrière moi. Tu n'as rien à craindre.

L'ombre le regarda partir, perplexe, se demandant jusqu'à quel point elle pouvait lui accorder sa confiance. Potasimto avait été un vaillant général lorsqu'il avait combattu les Kouchites[4]. Il avait été affublé de ce sobriquet par ses ennemis parce qu'il fondait sur eux avec fureur, tel un vent soufflé du nord. La plupart de ses hommes étaient morts à présent ; lui résistait aux années, pareil à un vieux cèdre, et la force de son bras n'avait pas faibli. « Mais est-il bien motivé ? s'interrogea l'ombre. Ne m'assiste-t-il pas uniquement pour vaincre son ennui ? »

4. Les habitants du pays de Kouch, c'est-à-dire la Haute-Nubie.

7

UNE MER D'AVIRONS

Hermès poussa la rame en avant dans un grand mouvement circulaire, puis il se souleva pour la plonger dans l'eau, s'arc-bouta sur son repose-pied et tira de toutes ses forces en arrière. Depuis le début de l'après-midi, le vent avait molli et les rameurs s'étaient réinstallés aux avirons. Ils se pliaient d'avant en arrière, ahanant comme des bêtes, soudés au rythme de la flûte qui égrenait ses notes lancinantes. Habitués à la cadence et à l'effort, les hommes souquaient d'un même mouvement, calquant leur respiration sur leurs gestes : ils inspiraient en tirant et expulsaient l'air en se cassant en avant pour arracher la pale du flot. Pour éviter qu'ils ne développent des muscles disproportionnés d'un côté du corps, le capitaine Bakros veillait à les changer régulièrement de place, les faisant ramer alternativement sur le flanc droit puis sur le flanc gauche du navire. Hermès, lui, donnait l'impression de sautiller sur son banc. Ses mains étaient en sang, et ses blessures n'arrivaient pas à se refermer. Ses muscles étaient tétanisés ; son dos était devenu aussi douloureux que si on lui avait enfoncé des aiguilles le long de l'échine. Qu'il rame d'un côté ou de l'autre, l'aviron le brisait, lui cassait les bras et les jambes.

— Alors l'esclave, le travail t'endurcit? gouailla Bakros en se campant près de lui. Passé la souffrance des premiers jours, tu vas te forger un corps d'athlète. Cela fera monter ton prix quand je te vendrai sur le marché de Syracuse.

Les lèvres serrées, Hermès fixait le dos cuivré et ruisselant de sueur qui se levait et s'abaissait devant lui, essayant de copier chacun des mouvements du rameur pour conserver la cadence.

— Quant à ton amie, reprit Bakros, je ne la céderai qu'au roi des Sicules. Il fera d'elle à sa guise sa servante ou sa concubine.

La rage au cœur, le jeune Grec épuisa sa colère en forçant sur sa rame. Ah, si l'autre ne l'avait pas attaché à l'aviron par les poignets, il l'aurait agrippé par le cou et serré à l'étouffer !

Vers le soir, le vent courut à nouveau sur la mer. Le capitaine fit déployer la voile ; dans un grand raclement, les rameurs rentrèrent alors les avirons par les trous de nage, puis Hermès fut libéré de ses entraves. Assis sur son banc, la tête sur les genoux, les yeux fermés, il laissait filer l'air de sa poitrine, avec la sensation de se vider de sa vie. Il tressaillit quand une eau fraîche coula sur sa nuque. Il se redressa. Tirya était à côté de lui, une outre en peau de chèvre dans les mains. Il tendit son visage pour qu'elle l'asperge. Après quoi il saisit l'outre et but goulûment.

— Doucement, dit Tirya en la lui retirant, tu vas te faire du mal.

— Je vais me faire du mal avec trois gorgées d'eau alors qu'on est en train de me tuer à cette barre ! Je ne tiendrai plus longtemps. Bakros va perdre de l'argent parce qu'il ne lui restera plus que ma dépouille à vendre aux Sicules, et elle vaudra moins qu'une peau d'âne, acheva-t-il sur le ton de la dérision.

Tirya lui prit les mains et les ouvrit : les paumes d'Hermès étaient ensanglantées, et ses poignets entaillés par la corde.

— On m'attache à l'aviron afin qu'il ne me glisse pas des mains.

La jeune fille mouilla le bas de sa tunique et s'en servit comme d'un tampon pour nettoyer les plaies de son ami. Hermès goûta cet instant de tendresse car les soins prodigués par son amie ressemblaient à des caresses.

— Et toi, comment supportes-tu le voyage ? demanda-t-il.

Tirya eut un mouvement d'épaules.

— C'est toujours pareil, souffla-t-elle. Tu sais que Bakros me confine dans la cabine parce qu'il m'y juge en sécurité, mais il y a des moments où j'ai envie de sauter à la mer et de m'y laisser couler. Alors je pense à toi et je reprends courage.

— J'avais peur de la mer, rappela Hermès, maintenant je la hais. Du plus profond de mon être. Elle a fait de moi un animal tout juste bon à actionner cette barre de bois. Comme ces bêtes de trait attachées à la roue d'une noria et qui deviennent folles à force de tourner en rond.

— Je sens la colère en toi. La mer use tes forces mais en même temps elle allume en ton cœur une fureur qui te rend à la vie. Tu surmonteras ta souffrance, tu sortiras vainqueur de cette épreuve. Et je t'épouserai, Hermès. Je le jure, par Osiris !

Le jeune homme parut se regonfler.

— Il n'y a pas pire moment pour une si grande déclaration, répondit-il, les yeux brillants. Je suis à moitié mort et tu veux unir ta destinée à la mienne.

— Cela fait longtemps que nous sommes unis, murmura-t-elle d'une voix douce.

— Sitôt à terre, nous serons séparés.

— Mais nous serons à terre, appuya Tirya. Aucun maître ne pourra me retenir, qu'il soit prince ou porcher ! J'ai la ferme intention de rentrer avec toi à Saïs, de braver mon père et... et...

— Et de retrouver nos agresseurs pour les jeter aux crocodiles !

— C'est évident ! Si Ninétis n'était pas à Pasargades, je la soupçonnerais d'avoir tramé cette affaire.

— Ho la belle ! lança soudain un rameur. Garde-moi de ton eau ! J'aimerais que tu apaises ma douleur. Je me suis heurté le front à l'aviron.

— Moi le menton ! releva un autre en rigolant.

— Le derrière me cuit à force d'être assis sur mon banc de nage ! s'écria le plus âgé sur un ton égrillard. Il doit être rouge comme celui d'un babouin. Une bonne compresse...

— Ton cas est désespéré ! riposta Tirya en se tournant vers lui. Il faudrait au moins toute l'eau de la mer pour rendre à ton fessier son aspect humain.

Les hommes s'esclaffèrent.

— Quant à vous, poursuivit la jeune fille, continuez donc à vous taper le front et le menton contre la rame ! Une fois que vous vous serez assommés, je vous plongerai la tête dans...

— Ça suffit ! tonna le capitaine. Retourne dans ta cabine ! Et vous autres, allongez-vous sur le pont et reposez-vous ! Le vent ne durera peut-être pas jusqu'à l'aube.

Il dura pourtant. Il souffla même pendant deux jours et deux nuits, puis le *Fil d'Ariane* se laissa saisir par un courant marin qui passait au large du Péloponnèse et dérivait vers le nord-ouest en direction de la Grande Grèce.

Un matin, l'île des Sicules et la pointe de la Grande Grèce se profilèrent au loin, légèrement tremblotantes dans la brume.

— Cap à l'ouest ! ordonna Bakros. Nous allons d'abord vendre ces deux-là à Syracuse avant d'aller livrer nos plantes à parfum et nos peaux de léopard à Crotone.

Tirya sortit de la cabine. Elle embrassa la mer du regard et chercha son ami parmi l'équipage. Leurs yeux se croisèrent. Hermès lui adressa un signe de la tête. Tout comme elle, il était décidé à s'enfuir à peine aurait-il foulé le sol de l'île. Le navire vira de bord, prit le vent debout, face à l'étrave, puis il se mit à louvoyer pour gagner contre le vent. Hermès s'attendait à ce que le capitaine commande la souquée, mais l'homme laissa la marche du bateau à son timonier.

— Une voile au nord ! avertit tout à coup la vigie.

Une petite tache blanche dansait sur l'eau, pareille à un reflet de soleil sur la crête des vagues. Elle grandit rapidement.

— Ce n'est pas un vaisseau de commerce, observa Bakros. Son allure est bien trop rapide.

La main en visière, les hommes étudièrent le navire. Ils remarquèrent des jets blanchâtres le long de la coque.

— Il navigue au vent et à la rame, précisa l'un d'eux. Il s'agit sans doute d'une patrouille chargée d'assurer la sécurité aux abords des côtes. On devrait bientôt distinguer l'œil d'Apollon sur la voilure.

Le bateau grossit. C'était un bâtiment fin, léger, avec deux yeux peints sur la proue. On eût dit un visage posé sur l'eau. Mais la voile était vierge de tout ornement. Un friselis courait à la surface, à l'avant du navire, souligné par une masse sombre qui fendait les flots. Un éperon de bronze !

— Par la Grande Mère, ce sont des pirates shardanes ! hurla Bakros. À vos rames !

Ayant réussi à échapper à la surveillance des birèmes[1] grecques, le vaisseau avait franchi le détroit de Messine et il piquait à présent droit sur sa proie. Il dévia de sa course alors que les avirons s'agitaient sur le *Fil d'Ariane*, se déporta derrière lui. Puis il abattit sa voile, décrivit un demi-cercle et remonta le vent dans le sillage du navire marchand.

— Plus vite ! Plus vite ! braillait Bakros. S'ils nous rattrapent, ils nous coulent par le fond !

Le joueur de flûte qui commandait la cadence de nage était si affolé qu'il sautait des notes. Les avirons se levaient et s'abaissaient à un rythme fou. Tendant leurs bras à l'extrême, les hommes poussaient et tiraient de toutes leurs forces. Les mâchoires serrées, le visage grimaçant, les yeux étincelant de peur, Hermès tâchait de garder le contrôle de sa rame. Il suffoquait tant la cadence était infernale. Personne n'ayant pris le temps de l'attacher à la barre, il sen-

1. Navires à deux rangs de rameurs.

tait ses doigts glisser sur le bois. « Je dois tenir ! se dit-il. Me cramponner au manche ! Ne pas le lâcher ! »

Tirya et le capitaine étaient établis à la poupe, et ils jaugeaient la distance qui séparait les deux navires.

— Ils gagnent sur nous ! s'effraya Bakros. Nous n'avons aucune chance d'atteindre la côte.

— Jette ta cargaison et ton or à la mer ! conseilla Tirya. Nous ne les intéresserons plus si nous n'avons plus rien à bord.

— Au contraire, savoir qu'il n'y a plus aucun butin à récupérer les rendrait plus féroces encore.

La jeune fille vit se rapprocher le bélier de bronze qui garnissait l'éperon. Il affleurait la surface, tel un grand requin vert aux reflets dorés. Derrière l'étrave, protégé par une nacelle en bois et en cuir, le chef des Shardanes excitait ses hommes au combat. Debout entre les rangs des rameurs, une dizaine de pirates portaient déjà casques, épées et boucliers, parés à l'abordage.

Les reins moulus, Hermès se redressa pour empoigner sa rame à son extrémité, pensant atténuer la souffrance de son dos. Il trébucha sur son cale-pied, perdit l'équilibre, lâcha la barre pour ne pas assommer le rameur devant lui. Il y eut un choc. Un aviron venait de heurter le sien. Un deuxième claqua contre eux, bloqué dans son mouvement. L'impressionnante machine de nage se grippa. Des rames battirent dans le vide, d'autres n'arrivèrent plus à s'arracher des flots. Un raclement tout à coup ! Comme si la mer émettait un borborygme...

— Couchez-vous ! cria Bakros. Ils nous éperonnent !

Les Shardanes avaient rentré leurs avirons d'un côté. Lancé à pleine vitesse, le bateau pirate longea le *Fil d'Ariane* et brisa le rang de rames dans un fracas épouvantable. Les marins qui ne s'étaient pas jetés déjà au sol furent broyés par leurs avirons. Hermès évita de peu une rame folle qui, sa pale rompue, fut projetée en l'air avant de retomber en tournoyant. Des clameurs sauvages couvrirent les gémissements ; les Shardanes se ruèrent sur le pont.

Les pirates tranchèrent quelques gorges pour la forme, pour conserver leur réputation de tueurs des mers mais, l'équipage se rendant en masse, leur fureur guerrière décrut très vite. Les deux seuls qui semblaient vouloir leur résister étaient un garçon et une fille acculés contre la cabine. Comme ceux-ci ne disposaient d'aucune arme, les pirates se contentèrent de les bousculer et de les jeter au sol. Osilo, le chef des Shardanes, se campa devant eux, jambes écartées, poings sur les hanches, et gronda :

— Un Grec et une Égyptienne ! Vous êtes bien jeunes pour servir sur un navire. Es-tu l'épouse du capitaine ? demanda-t-il à Tirya.

— Moi ? L'épouse de ce vieux morceau de cuir qui sent le poisson crevé ? Je suis la fille de Pharaon, enlevée avec mon ami il y a plusieurs jours. Nous avons été embarqués de force sur ce bateau crétois. Ramène-nous à Saïs et mon père te couvrira d'or !

— Ne l'écoute pas ! intervint Bakros. C'est une folle. Ces deux-là sont des esclaves que je comptais vendre aux Sicules. Prends-les, ainsi que toute ma cargaison, mais laisse-nous repartir, mon équipage et moi !

— Ce vieil hibou transpire de peur, dit Hermès. Il

craint pour son trafic si nous retournons en Égypte et le dénonçons aux autorités des ports.

— Personne n'aime les pirates, insista Bakros. Pas plus en Égypte qu'ailleurs ! Toi et tes Shardanes serez taillés en pièces dès que vous aurez posé le pied à terre.

Un pirate qui fouillait la cabine revint en brandissant le sac de bijoux offert à Bakros par Imef. Tirya expliqua qu'il s'agissait du prix payé par ses ravisseurs pour l'emporter loin de son pays.

— Qui distribuerait de telles splendeurs pour se débarrasser d'une gardienne d'oies ou d'une fileuse de lin ? termina la jeune fille.

— C'est vrai, reconnut Osilo en faisant miroiter l'or dans le soleil, tu dois être la fille de quelque notable ou d'un riche marchand de papyrus. Mais il est vrai aussi que les ports sont dangereux pour les pirates. Je m'imagine mal être reçu par ton père dans une grande salle brillant de mille feux. En revanche, j'arrive assez bien à me figurer les mines et leurs longues files de condamnés... Belle comme tu es, je devrais te vendre un bon prix sur le marché aux esclaves. Je n'aurai pas de mal non plus à trouver un acquéreur pour ton ami.

— Je croyais les ports fermés aux pirates, fit remarquer Hermès.

— Pas en Gaule, rectifia Osilo en nouant le sac à sa ceinture. Il s'y bâtit une nouvelle cité, une colonie phocéenne, or les habitants manquent de bras. Ils seront ravis d'acheter mes prisonniers. J'amasserai aussi de belles pièces en proposant ces peaux, ces arbustes à encens et ces plantes dont on tire des parfums.

— Tu as fait le bon choix, souffla Bakros, soulagé.

— Et il n'est pas fini ! assena Osilo en lui abattant sa main sur la nuque. Choisissez les dix marins les plus robustes et jetez les autres par-dessus bord ! commanda-t-il à ses hommes. Qu'ils nagent jusqu'à l'île, s'ils le peuvent ! Quant à toi, tu croupiras dans un trou à rats, poursuivit-il en secouant le Crétois par ses cheveux. Il se trouvera bien quelqu'un, à Phocée, qui aura besoin d'un vieux croûton comme toi pour étriller la croupe de ses ânes, et il lui suffira de te nourrir avec une simple bouillie d'orge.

Les Shardanes exécutèrent les ordres d'Osilo, puis ils firent passer les prisonniers sur leurs navires et les attachèrent aux avirons. Armés de haches, ils défoncèrent ensuite la carène du *Fil d'Ariane*. L'eau jaillit en petits geysers, le bateau s'alourdit, piqua du nez, s'inclina sur le flanc et commença à couler.

Lié au même aviron que Bakros, Hermès souquait à nouveau. Les pirates qui avaient cédé leur banc de nage aux prisonniers se reposaient sur le pont, affalés comme des thons. Osilo avait confiné Tirya dans la cabine pour les mêmes raisons que Bakros, deux semaines auparavant : il voulait éviter les rixes entre ses hommes, convaincu qu'une jolie fille au milieu des marins causerait plus de dommages qu'une flottille de birèmes ennemies.

— J'ai l'impression que rien n'a changé, rumina Hermès à l'adresse du capitaine crétois. J'ai quitté le *Fil d'Ariane* pour le *Limbara*[2], mais je suis toujours

2. Le nom du navire pirate est emprunté à une montagne de Sardaigne.

en train de ramer. Si ce n'est que tu partages à présent mes efforts ! Qui sait si lors d'un prochain accrochage avec un navire étrusque ou carthaginois, Osilo ne se retrouvera pas assis entre nous deux, ses mains crispées sur la même barre ?

8

PHOCÉE

À l'approche des côtes rocheuses de la Gaule, le *Limbara* croisa deux pentécontores, des navires rapides à cinquante rames qui emmenaient en Ionie les minerais achetés aux Ségobriges et aux Salyens[1]. Bientôt le vaisseau pirate longea une suite de criques étroites entourées de falaises à pic, où les eaux prenaient une couleur turquoise. Il s'engagea dans la profonde calanque du Lacydon, et Phocée s'offrit à leurs regards, sur la rive nord, semblable à une presqu'île. Ceinturée par une muraille, la ville s'allongeait entre deux collines : l'Akra, qui supportait les temples d'Artémis et d'Apollon, et la Petra, plus élevée, constituant l'Acropole avec son sanctuaire dédié à Athéna. Des vignes et des champs d'oliviers couvraient les rives de l'est et du sud jusqu'à la barrière plus sombre d'une forêt de yeuses et de pins.

Une longue plage s'étirait devant la ville ; de grandes barques y reposaient sur des cales, et des filets de pêche étaient tendus sur leurs cadres. L'enceinte n'était pas achevée du côté de la mer, mais un groupe d'ouvriers charriait des briques d'ar-

1. Peuples celtes (ou gaulois) habitant la région de Marseille, encore appelée Phocée à cette époque.

gile destinées à la construction d'une tour carrée à côté d'un abri à bateaux. *Le Limbara* accosta un ponton de bois. Des enfants coururent vers lui, très vite rejoints par un gros homme flanqué de ses deux gardes.

— Que nous apporte la mer, cette fois-ci ? demanda-t-il au chef des pirates.

— Des esclaves, parmi lesquels cette beauté égyptienne ! Et de quoi ravir les coquettes de Phocée ! acheva Osilo en montrant les arbustes à parfum.

— Ne nous confonds pas avec ces canailles, Hermès et moi ! répliqua Tirya au Shardane. Tu sais qui nous sommes !

— Elle se prend pour la fille de Pharaon, ricana Osilo. Mais c'est bien son seul défaut.

— J'espère que cela ne l'empêchera pas de s'acquitter des tâches domestiques, grogna le marchand grec. Sinon tu peux la remmener.

— Tu entends ce que dit Euthymos ? siffla le pirate à l'oreille de la jeune fille. Si tu te rebelles, tu repars avec moi et je te jette aux requins.

La menace n'était pas vaine. Tirya ravala sa colère. Elle ne baissa pas la tête pour autant et soutint le regard d'Euthymos, qui venait de monter à bord.

— Je ne sais pas qui voudra d'elle, rumina-t-il en lui prenant le menton dans la main pour la jauger. Elle est belle mais aussi rétive qu'un étalon.

— Elle trouvera un maître à sa mesure, assura Osilo.

Le marchand fit une moue, lâcha Tirya et passa à l'examen des autres esclaves, toujours attachés à leurs rames. Il s'arrêta devant Bakros.

— Qu'est-ce que c'est que ce débris ?

— Il connaît la mer. Il saura être utile à un pêcheur ou au milieu d'un équipage.

— Tu vantes ton produit, grommela Euthymos en retroussant les lèvres de Bakros pour étudier ses dents. Il ne vaut pas le quart d'un âne.

— Dans ce cas... conclut le pirate en dégainant son glaive.

Il visa la gorge du capitaine.

— Arrête ! Arrête ! glapit le Grec en levant les bras. Ne le tue pas ! Je tirerai bien quelques oboles[2] de ce tas d'os. Si quelqu'un cherche un portier, il fera l'affaire.

Euthymos tiqua quand il avisa Hermès.

— Un Grec ? Où l'as-tu déniché, celui-là ?

— Je suis l'ami de Tirya, se présenta le jeune homme. Mon père est fabricant de faïences à Saïs. Nous avons été enlevés et...

— Ton histoire m'importe peu. Tu es là, un point c'est tout.

Il lui tâta les muscles.

— Il est bien fait. Il s'étoffera vite. Conduis ces lascars et cette fille à l'agora ! La vente d'esclaves a lieu demain. Mes hommes t'aideront ensuite à vider ton navire de ses marchandises.

Les Shardanes détachèrent leurs prisonniers et leur ficelèrent les mains dans le dos. Après quoi ils leur fixèrent une corde autour du cou, les liant ainsi l'un à l'autre. Si Hermès avait pensé s'échapper une fois au port, il dut déchanter. Entravée elle aussi, Tirya fut contrainte de marcher en tête de file, entre le marchand et le chef des pirates. Ils traversèrent la

2. La première monnaie de Marseille.

ville, s'attirant la curiosité des habitants et des enfants.

Construites en briques d'argile crue sur un socle de pierre, et couvertes d'un toit de chaume, les maisons se groupaient par lots rectangulaires autour de cours intérieures. Un grand espace vide subsistait cependant au nord, entre les dernières habitations et la muraille, d'où s'élevait la fumée des fours de potiers. Au bout d'une longue voie damée, Tirya aperçut des cabanes en pierres sèches et des enclos à chèvres, à moutons et à sangliers.

— Phocée comprend encore les restes d'un village ségobrige, indiqua Euthymos qui avait suivi son regard. Tôt ou tard, ces barbares[3] devront s'helléniser ou s'établir au-delà des limites de la cité. Ne crains rien, ce ne sont pas eux qui viendront t'acheter ! Tu ne finiras pas dans la bauge aux pourceaux.

Il éclata d'un rire gras. Osilo poursuivit :

— De toute façon ils n'auraient pas de quoi payer. Je ne t'échangerai pas contre un sac d'épeautre ni contre trois poules pondeuses. Je ne te céderai pas à moins de six cents oboles.

La colonne emprunta une artère orientée d'ouest en est, et elle atteignit l'agora située dans une dépression entre les deux collines. Les esclaves furent entassés sous un portique. On leur retira la corde du cou, on leur ligota les chevilles et on les laissa à l'ombre.

Assise, les jambes tendues, Tirya était appuyée dos à dos contre Hermès, et elle fixait la mer, la Toujours Verte.

3. Au sens de : ceux qui ne sont pas de langue grecque.

— C'est toi qui nous as amenés ici, ronchonna-t-elle en parlant à la mer, mais c'est sur toi que nous repartirons. Ma vie ne s'arrêtera pas à Phocée, à danser devant une tablée d'ivrognes.

— Si nous pouvions seulement rester ensemble, soupira Hermès. Nous enfuir serait alors plus facile. Il y a des forêts alentour qui offrent sans doute maintes cachettes.

— Plutôt que d'aller vivre parmi les sangliers, nous aurions plutôt intérêt à essayer d'endormir la vigilance de nos maîtres, conseilla Tirya en baissant la voix. Notre première tentative d'évasion doit réussir. Et c'est sur un navire que nous irons nous réfugier, pas dans un tronc creux.

— Difficile de nous dissimuler sur un bateau, releva Hermès. Nous serons pris tout de suite.

— Essayons de gagner la confiance de nos maîtres afin qu'ils nous laissent aller en ville. Il conviendra d'abord de nous retrouver. Ensuite, nous devrons nous débrouiller pour dénicher un capitaine qui accepte d'être payé à notre retour en Égypte. Tous ne sont pas des fripouilles.

— Je ramerai pour lui en cas de besoin.

Tirya chercha les doigts d'Hermès dans son dos. Elle les serra avec l'énergie d'un naufragé cramponné à une épave. Elle ferma les yeux, s'imagina en train de grimper sur un vaisseau. Elle vit sa voile se gonfler au vent, la mer se fendre devant l'étrave, et les marais de papyrus apparaître au bout de l'horizon. Elle inspira à longs traits, comme si elle goûtait déjà l'air du Delta.

Bakros se glissa près des jeunes gens.

— Je vous ai entendus, dit-il d'une voix assourdie.

Inutile de chercher un autre capitaine, je peux vous conduire à Pegwti si vous m'aidez à m'évader. Avec quelques hommes, je peux m'emparer d'un navire...

— Et nous vendre aux Sicules ! termina Hermès. Autant confier ma vie à un serpent !

— Tu as eu l'occasion de nous sauver, renchérit Tirya, mais tu ne l'as pas fait. Ta cupidité t'a perdu. Te voilà sans ton navire et sans tes bijoux ! Si on t'envoie dans les mines, tu te retrouveras sans tunique. Je n'accorde pas ma foi à un ver.

Le bonhomme fit grise mine, rentra sa tête dans les épaules et n'insista pas. Des gamins allaient et venaient devant le portique, jetant des coups d'œil furtifs sur les prisonniers. D'autres les rejoignirent, garçons et filles de tous âges, aussi bruyants que les mouettes. Lorsqu'ils furent suffisamment nombreux pour se sentir en force, ils commencèrent à narguer les esclaves, leur tirant la langue, grimaçant affreusement, les menaçant des pires châtiments s'ils n'obéissaient pas.

— Moi, mon père, il trempe la tête de ses esclaves dans l'eau pour leur apprendre à ne pas traîner dans le travail, lança un garnement.

— Le mien, il les corrige avec la trique qui sert aux ânes, brailla un autre.

— Chez moi, on oblige les servantes à boire du vinaigre non coupé d'eau si elles ont menti, rapporta un troisième en s'adressant à Tirya.

Les prisonniers ne leur prêtant aucune attention, les enfants se mirent à leur décocher des cailloux.

— Petits chenapans ! vociféra Bakros. Je vous retrouverai et je vous frotterai la bouche avec du piment !

Ce qui eut pour effet de déclencher les rires et de redoubler les jets de pierres, dirigés essentiellement sur le vieux capitaine. Les deux gardes d'Euthymos réapparurent plus tard, accompagnés d'esclaves portant des paniers et des amphores. Ils chassèrent les gamins puis détachèrent les mains des prisonniers pour qu'ils puissent se nourrir. Les hommes distribuèrent à chacun une bouillie d'orge, un croûton de fromage, trois oignons et un peu d'eau, puis ils leur rattachèrent les poignets, cette fois-ci par-devant pour leur permettre de s'allonger sur le dos. Les esclaves repartirent seuls, les deux gardes s'installant contre les piliers pour assurer la surveillance de nuit.

Épaule contre épaule, Tirya et Hermès assistèrent au coucher du soleil, mais l'astre n'avait pas pour eux la même saveur que lorsqu'il embrasait d'or fondu les forêts de papyrus autour de Saïs. Phocée s'enténébra rapidement, la mer prit une teinte d'argent noirci.

— Qu'adviendra-t-il de nous demain ? murmura Hermès.

— Je ne me suis jamais sentie aussi humiliée, avoua Tirya. Nous avons connu Thèbes, Babylone, Athènes et Rome, pour finir au service d'un quelconque marchand de vin nauséabond ou d'un loueur d'ânes mal équarri.

— Ton père doit remuer tout le Delta pour nous rechercher.

— Il doit croire que je me suis enfuie pour éviter d'épouser mon demi-frère Psam, mais je doute qu'il possède le moindre indice sur notre enlèvement.

Ils restèrent un moment sans mot dire, puis ils s'allongèrent sur les dalles. La tête de Tirya au creux de son épaule, Hermès était troublé : s'ils avaient souvent dormi côte à côte au cours de leurs aventures, c'était la première fois que la jeune fille se serrait si fort contre lui. Ils allaient vivre une longue nuit couchés à même la pierre, les mains et les jambes liées, cernés par un anneau de ronflements et épiés du coin de l'œil par des gardes. Pour une nuit si près de Tirya, Hermès avait espéré mieux ! Il pencha la tête, l'embrassa sur le front. Tirya releva son visage, tendit ses lèvres. Elle avait besoin de ce baiser pour calmer son angoisse. Après cette nuit, elle ne reverrait peut-être plus son ami avant longtemps. Ils risquaient même d'être séparés à jamais.

L'aube. Une aube indécise, encore grise, flottant entre mer et montagnes. Les gardes réveillèrent les dormeurs par de légers coups de lance entre les côtes. Escortés par des soldats plus nombreux, des esclaves se présentèrent avec de la nourriture ; les deux gardes d'Euthymos repartirent, leur tâche achevée. On défit les liens des captifs puis, après un repas frugal, on les força à sautiller sur place pour raffermir leurs membres engourdis. Il n'était pas question en effet de proposer à la vente des esclaves avachis !

Des paysans arrivèrent des villages voisins en poussant devant eux leurs porcs que les bouchers tueraient sur place et débiteraient immédiatement aux clients. Des artisans déroulèrent des nattes sur le sol et proposèrent à la vente des poteries et des lampes à huile. Trois lourds chariots gaulois tirés par des bœufs s'arrêtèrent non loin du portique : les marchands déchargèrent des « saumons » d'étain, du bois de chauffage et des paniers de fèves et de pois chiches. D'autres vinrent avec leurs ânes transportant des plantes médicinales, des sacs de poudres et des vases d'onguents. Les commerçants de la ville exposèrent dans l'agora des amphores remplies de vin et d'huile d'olive, tandis que des chasseurs exhibèrent de belles pièces de gibier, et les pêcheurs leurs prises de la nuit. Les premiers clients commencèrent à déambuler sur la place, mais ce n'est que vers le milieu de la matinée que les gens affluèrent en masse. Tous parlaient le grec, même les paysans des alentours qui avaient abandonné leur dialecte au profit de la langue des Phocéens. L'agora s'enflamma de couleurs vives et bariolées, résultat d'un tourbillon de vêtements dans lequel entraient pour une large part les braies[4] rayées et les lainages à carreaux des Ségobriges ainsi que les tuniques chatoyantes des Ligures. Contrairement aux épouses grecques, confinées dans le gynécée, les femmes celtes participaient à l'animation. Elles allaient toutes bras nus, vêtues d'une jupe bigarrée et d'un sagon, manteau de laine maintenu sur les épaules par une fibule. Nombre d'entre elles se rendirent devant le portique pour jeter un œil sur les esclaves. Parmi les prisonniers, trois anciens rameurs furent très vite achetés en un seul lot pour travailler dans une carrière. Un autre partit avec un forgeron. Tirya attirait les regards, pourtant les clients hésitaient à l'acquérir.

— Elle est joliment tournée, reconnut l'un.

— Pour six cents oboles elle est à toi ! clama Euthymos.

4. Pantalons serrés aux chevilles.

— C'est sa femme qui n'en voudra pas ! lança un autre sur le ton de la plaisanterie. Elle aura bien trop peur qu'il passe plus de temps à surveiller cette esclave qu'à faire son travail.

Les hommes éclatèrent de rire.

— Le bougre a raison, intervint une femme ligure. L'Égyptienne éclipse en beauté la plupart de nos filles. Vends-la à un aubergiste, elle attirera du monde dans sa taverne !

— Et tu viendras te plaindre ensuite que ton mari ne rentre plus à la maison, lui rétorqua une autre.

Tirya n'écoutait pas. Les mots tombaient autour d'elle, pareils à des oiseaux morts. Elle ne voyait de l'agora qu'un grand mouvement de couleurs, n'en percevait qu'un brouhaha de voix et de cris de bêtes. Les odeurs lui montèrent à la tête, effluves de sauvagine ou relents de viande, lui occasionnant un léger étourdissement. Ses jambes devinrent molles, et elle éprouva une étrange sensation, comme si elle s'enfonçait dans le sol. Elle chancela. Hermès la rattrapa, la serra fortement contre lui.

— Ce n'est rien, fit-elle, ça passe déjà.

— C'est une oiselle ! piailla quelqu'un qui avait remarqué son mouvement de faiblesse. Elle ne supportera ni le tissage ni la lessive.

Le marchand grommela, sentant fondre ses oboles. Il arracha la jeune fille à Hermès et la secoua par l'épaule. Aussitôt Tirya lui claqua sa main sur le front.

— Secoue tes oliviers, cracha-t-elle, mais ne me confonds pas avec eux ! Si ta vue baisse, lave tes yeux avec de la fiente de chat !

Les gardes se rapprochèrent, menaçants, prêts à

intervenir sur un signe du marchand. Bien que rouge de colère, celui-ci essaya de conserver bonne figure.

— La fille a de l'énergie, dit-il en se forçant à rire. Elle vaut son prix ! La beauté liée à la vigueur pour six cents oboles ! lança-t-il de nouveau à la cantonade.

— C'est le jeune Grec qui m'intéresse, annonça un homme du haut de sa charrette. Mais Est-il capable de porter une amphore pleine de vin ?

Euthymos montra à Hermès un des gros blocs de pierre sur lesquels s'asseyaient les clients.

— Soulève-le ! lui ordonna-t-il, et marche un peu avec ce poids sur ton épaule !

Hermès se baissa, empoigna la masse, mais il avait préjugé de ses forces. Il ne réussit pas à la hisser plus haut que sa ceinture et la laissa retomber.

— Pouah ! fit le marchand avec un geste de dépit. Il aurait brisé mon amphore.

Les hommes et les femmes se moquèrent d'Hermès. L'une d'elles, une Segobrige aux cheveux jaunes, le railla vertement.

— Il n'a pour lui que ses yeux bleus ! Pour le reste, il vaut mieux s'adresser à un âne !

Tous s'esclaffèrent. Furieux, Hermès inspira un grand coup, saisit le bloc à deux mains, le souleva à hauteur de sa poitrine et, bien campé sur ses jambes, il le projeta vers les clients. Ils refluèrent d'un bond en poussant un « oh ! » de stupeur. La main d'un garde s'abattit sur la nuque d'Hermès, l'obligeant à plier le genou.

— Ne recommence jamais ça ! gronda-t-il. Aux rebelles, on tranche la tête !

— Garde ton Grec et l'Égyptienne ! résuma le

marchand de vin. Combien demandes-tu pour le vieux faucon ?

Le vieux faucon, c'était Bakros. Il fut vendu pour deux cents oboles. Euthymos plaça encore quatre autres esclaves chez un charpentier, puis il dirigea sa hargne contre Tirya et Hermès.

— Je perds mon temps avec vous ! Chaque fois qu'un client s'intéresse à l'un ou à l'autre, vous trouvez le moyen de le décourager. Je pourrais vous faire fouetter pour vous apprendre à courber l'échine, mais les timouques n'aimeraient pas cela.

— Les timouques ?

— Les citoyens issus des grandes familles, et qui font les lois à Phocée... Il me reste deux esclaves à écouler ; ensuite, si personne ne veut de vous, je vous rends à Osilo. Il n'est pas question que je vous lâche pour un prix dérisoire ! Il en va de ma réputation !

— Osilo emportera qui il voudra, mais pas le jeune Grec ! déclara soudain une voix désagréable et éraillée. Parce que lui, je l'achète !

9

GYPTIS

Les regards remontèrent jusqu'à une vieille femme qui s'appuyait sur l'épaule d'un serviteur aussi âgé qu'elle. Elle était vêtue à la grecque, mais l'homme portait la tunique et les braies des Ségobriges. Les gens s'écartèrent pour les laisser passer.

— Princesse Gyptis ! la salua Euthymos sur un ton déférent en inclinant la tête. Il est à vous pour six cents oboles.

— Cinq cents ! décréta Gyptis. Et tu me voles !

— Tirya est avec moi, déclara Hermès en prenant la jeune fille par la main.

— Apprends à te taire ! crailla la vieille princesse. Je ne vois pas pourquoi je m'encombrerais d'une danseuse égyptienne.

— Je ne suis pas une danseuse ! se rebiffa Tirya. Mon père est le Pharaon d'Égypte !

— Elle divague ! objecta le marchand. Osilo l'a trouvée sur un bateau crétois. Elle était destinée à être vendue aux Sicules.

Gyptis approcha, retourna les mains de Tirya et examina ses paumes.

— Voilà une peau qui n'a connu ni le fuseau ni la meule à grains. Je n'ai pas dix mille oboles à dépenser pour une fille de roi.

Elle fit signe à son serviteur de payer Euthymos.

— Attendez ! la retint Tirya. Ne me séparez pas de mon ami ! Je travaillerai pour vous.

Elles se mesurèrent du regard. Gyptis lut de la détresse dans les yeux de la jeune fille.

— Je vous cède les deux pour mille oboles, chanta Euthymos. C'est une affaire !

— Depuis que mon époux Prôtis est mort, et qu'Erianos a perdu sa femme, la maison me paraît bien vide. Je devrais peut-être me laisser tenter...

— Ils apporteraient un peu de fraîcheur dans ta vie, l'encouragea Erianos, le serviteur.

— C'est bon, soupira Gyptis. Mais que tu sois fille d'Horus, de Zeus ou de Teutatès[1], tu t'acquitteras de ta corvée d'eau tous les matins et tu trairas mes chèvres ! ajouta-t-elle sur un ton sans réplique.

Elle se tourna vers Erianos.

— Verse neuf cents oboles à ce profiteur ! C'est bien cher payé pour ces deux jeunots.

— J'ai dit mille, corrigea Euthymos.

— Neuf cents ! répéta Gyptis... Que vas-tu faire ? Couper un bras à la mignonne ?

— Vous le mériteriez, grogna le bonhomme en encaissant son dû.

La princesse et son serviteur quittèrent l'agora en empruntant la voie du nord. Tirya et Hermès marchaient devant eux, soulagés de ne pas avoir été séparés.

— Je vous vois sautiller d'aise, remarqua Gyptis. Que les choses soient bien claires entre nous : je n'ai pas l'intention de vous affranchir ! Et pour vous ôter

1. Voir le dossier sur les divinités celtiques en fin d'ouvrage.

l'occasion de vous enfuir, vous ne sortirez pas ensemble en ville. L'un restera auprès d'Erianos ou de moi pendant que l'autre s'occupera des achats.

— Je croyais que les filles ne quittaient jamais la maison, releva Tirya.

— Je ne suis pas grecque, annonça Gyptis. Nannus, mon père, était le roi des Ségobriges qui vivaient à cet endroit. Un jour, il y a une quarantaine d'années de cela, des Grecs originaires de Phocée, en Ionie, abordèrent notre pays et sollicitèrent l'amitié de mon peuple. L'un des deux chefs de la flotte s'appelait Prôtis. Il était beau comme le soleil. Mon père se préparait justement à me marier : je devais choisir mon époux au cours d'un festin où tous mes prétendants étaient invités. Il convia aussi au banquet ses hôtes grecs.

— Et vous avez choisi Prôtis le Phocéen.

— Oui. En tant que gendre du roi, Prôtis a obtenu ce territoire pour y fonder une ville. Des Grecs sont arrivés plus tard par vaisseaux entiers, et voilà la nouvelle Phocée ! termina Gyptis avec un geste circulaire pour désigner la bourgade. J'ai quitté mon village pour venir habiter ici, car Prôtis a fait partie des timouques nommés à vie pour diriger la cité.

Erianos profita d'un silence pour expliquer :

— Les timouques sont des citoyens issus des riches familles. En tant que fondateur, Prôtis était le magistrat le plus important de la ville.

— Je comprends pourquoi chacun vous témoigne du respect, nota Hermès en voyant des badauds s'incliner sur son passage.

La vieille femme sourit.

— Oui, c'est assez inhabituel devant une femme, mais j'ai toujours secondé mon mari dans ses fonctions. D'autre part, chacun se rappelle encore que je suis fille de roi. Quand il n'y aura plus de Ségobriges à Phocée, ou qu'ils se seront assimilés aux Grecs, on oubliera jusqu'au nom de mon père.

L'avenue obliquait vers le nord-est pour éviter une zone marécageuse.

— Je m'étonne de voir un Grec parmi les esclaves, reprit Gyptis en s'adressant au jeune homme. Tu n'es ni thrace ni lydien. C'est ton père qui t'a vendu pour payer ses dettes ?

— Mon père tient à moi plus qu'à la prunelle de ses yeux. Nous avons été enlevés, Tirya et moi.

Et de narrer en détail leur aventure pendant qu'ils longeaient l'Acropole par l'arrière.

— C'est un conte digne de l'Odyssée, reconnut Gyptis lorsqu'il eut terminé, et tu possèdes le talent d'un véritable aède, mais je ne te crois pas.

— Je vous assure que...

— Ça suffit ! trancha-t-elle d'une voix aigre. Que m'importe après tout ! J'ai acheté vos corps, pas votre mémoire.

Ils poursuivirent sans mot dire, croisant des ânes chargés de céramiques, dépassant des échoppes d'artisans ouvertes sur la rue...

— Phocée est bien moins animée que Rome ou Athènes, observa Tirya. Hormis le port et l'agora, les rues ne grouillent pas de monde, mais on y rencontre plus de poules et de pourceaux en liberté.

La princesse gauloise se contenta de ronchonner. Ce fut Erianos qui répondit.

— Phocée a tout juste quarante ans. Au bout de

cette avenue, c'est encore un village avec ses cabanes en pierres sèches. Qui sait si un jour la ville ne s'étendra pas sur la rive sud jusqu'au Bois sacré[2] ?

— Personne ne s'établira jamais sur la colline du Bois sacré, grinça Gyptis. C'est là que les druides se réunissent pour rendre la justice, au milieu des chênes verts. Mais que connais-tu de Rome ou d'Athènes, toi qui n'as jamais dû lever le nez de tes fleurs de lotus ?

— Il est vrai que je suis arrivée ici sur l'aile du vent, siffla Tirya.

La riposte déplut à Gyptis.

— Secoue-moi cette esclave ! ordonna-t-elle à Erianos. Qu'elle apprenne à tenir sa langue ! Et si l'autre fait mine de vouloir la défendre, n'hésite pas à lui enfoncer la tête dans les épaules ! J'ai bien envie d'aller les rendre à cet escroc d'Euthymos et de récupérer mes mille oboles.

— Neuf cents, rectifia le serviteur.

— Ah, tu crois ?...

Erianos rudoya Tirya pour la forme.

— Les esclaves devraient naître muets, continua à bougonner Gyptis. On les estimerait alors autant que les animaux.

Ils bifurquèrent à gauche vers le quartier des potiers, à la limite d'un espace occupé par des champs et des cabanes gauloises. Une belle demeure à la grecque, au toit de tuiles plates, était lovée entre des cyprès et des ifs semblant monter la garde tout autour.

— Nous sommes arrivés, indiqua Erianos.

2. Site actuel de Notre-Dame-de-la-Garde.

Après avoir franchi le portail, ils se retrouvèrent dans une cour qui donnait sur plusieurs pièces. Un escalier conduisait à l'étage, au gynécée, l'appartement réservé aux femmes.

— J'ai l'impression de me retrouver chez moi, à Naucratis, remarqua Hermès.

— Tu logeras dans la chambre à côté de celle d'Erianos, au rez-de-chaussée. Quant à toi, la reine d'Égypte, tu trouveras une alcôve à l'étage, près de la salle d'eau. Erianos va vous faire découvrir la maison, après quoi vous irez vous laver et changer de vêtements. Vous empestez, et ce garçon est encroûté de sel jusqu'aux cheveux.

La vieille femme monta l'escalier et disparut dans l'une des chambres. Tirya regarda autour d'elle et avisa deux autels de chaque côté de la porte d'entrée. Le premier était consacré à Artémis, la déesse de la Lune et de la Chasse. L'autre piqua la curiosité de la jeune fille. Une étrange statuette emplissait la niche : c'était le buste d'un personnage féminin à trois têtes, chacune portant un torque[3] autour du cou.

— C'est Brigit, lui apprit Erianos. Elle est à la fois la déesse de la Poésie, de la Médecine et des Femmes. Vierge et Épouse en même temps... Bien qu'étant devenue la compagne d'un Grec, Gyptis n'a jamais cessé d'honorer les divinités de son peuple.

— Es-tu un esclave, toi aussi ? l'interrogea Hermès.

— Non. Je suis un homme libre, ségobrige comme elle. Nous étions des amis d'enfance, elle fille de roi, et moi fils de forgeron. Malgré tous ses

3. Collier métallique rigide.

efforts, mon père n'a pas réussi à m'inculquer la maîtrise du fer et du feu. J'étais trop maladroit.

— Je comprends parfaitement, compatit Hermès. Mon père se désespère aussi de ne pouvoir faire de moi un fabricant de faïences.

— Tu étais très amoureux de Gyptis ?

La question de Tirya amena un bref silence.

— Tu sais lire dans les cœurs, reprit le vieux Gaulois en jetant un regard aiguisé à la jeune fille. En perdant l'art de la forge, j'ai perdu mes chances de l'épouser. Je n'étais même pas admis à la table de ses prétendants. Je crois que Gyptis n'a jamais envisagé le fait que je pouvais l'aimer autrement que comme un frère. C'est à ce titre qu'elle m'a pris à son service. Je me suis marié plus tard avec une bonne fille de chez nous qui m'a donné un garçon. Je n'ai pas quitté cette maison depuis quarante ans, poursuivit-il en les précédant dans un long couloir qui débouchait sur un jardin. Mon fils est marchand de vin sur la côte ibère, et ma femme vient de nous quitter, rongée par une terrible maladie. Nous nous retrouvons seuls, Gyptis et moi, liés par nos souvenirs et par notre vieillesse.

Dans le jardin, une hutte au toit de chaume trônait au milieu d'un potager.

— C'est ta remise à outils ? s'enquit Hermès. Elle ressemble à ces maisons paysannes que...

— C'est l'âme de cette demeure ! gronda Erianos, outré. C'est dans une cabane identique que Gyptis et moi avons vu le jour et que nous avons passé nos jeunes années. La maison grecque offre bien des avantages, mais on n'y respire pas un air sacré comme dans ce buron.

Il souleva la peau d'aurochs qui fermait l'entrée, permit à Tirya et à Hermès de regarder à l'intérieur sans franchir le seuil. Une armature de grosses poutres soutenait le toit. Une chaîne à crémaillère pendait de l'une d'elles, au bout de laquelle était accroché un chaudron en bronze, noir de suie. Aucun meuble, rien d'autre que cette marmite fixée à son crochet, et une paillasse contre un mur.

— C'est là que Gyptis va loger ses rêves, dit Erianos avant de laisser retomber la tenture de peau.

— Assez bavassé ! jappa soudain la vieille femme du haut de sa fenêtre. Ils ont tout vu ? Alors qu'ils se lavent ! Après quoi l'éphèbe ira fendre du bois, allumer le feu, écailler, vider et fumer les poissons, nettoyer le sol, changer l'huile des lampes, nourrir les bêtes dans leur enclos, arroser les plantes et, s'il lui reste du temps, gratter la terre pour la débarrasser de ses mauvaises herbes. Toi, l'Égyptienne, tu iras chercher de l'eau à la fontaine, traire mes chèvres, broyer le grain, préparer la pâte pour les galettes de froment et la mettre à cuire, laver ton linge, plier les couvertures et les ranger dans les coffres ; ensuite je te montrerai comment tisser ! Quant à toi, Erianos, lâche donc la belette dans le magasin à vivres ! J'ai cru entendre danser les souris là-dedans.

— Elle est toujours comme ça ? demanda Tirya à mi-voix.

— Non, répondit le vieil homme, seulement dans ses bons jours. D'habitude, c'est pire. Tu comprends pourquoi nous n'avons pas de voisins immédiats.

— Je regrette déjà ma rame, se désola Hermès.

10

L'ÉCLAT D'APEDEMAK

Derî était son nom, mais elle préférait se faire appeler Méretrê — l'aimée de Rê. Danseuse au *Scarabée d'or*, une obscure maison de la bière dans le quartier des Bandelettes, à Saïs, la jeune femme aimait émoustiller son public par des parfums subtils autant que par la lascivité de ses mouvements. Aussi, ce soir-là, après s'être assoupli la peau avec un onguent à base de graisse d'hippopotame, se frotta-t-elle le corps avec une huile aromatisée au jasmin.

— Sens-moi ça ! dit-elle en fourrant son bras sous le nez de la fillette qui l'aidait à se préparer. C'est autre chose que de l'huile de kiki, non ? Je t'en mettrai deux gouttes sous les oreilles, tout à l'heure. La fille que tu remplaces me le réclamait toujours.

Méretrê ouvrit un coffret à bijoux, se para d'un collier constitué d'anneaux en cuivre, orna ses poignets et ses chevilles de bracelets rutilants, et tendit deux boucles d'oreilles à la petite.

— Fixe-les à mes lobes !

La gamine les garda dans sa main pour les admirer.

— Elles sont magnifiques, souffla-t-elle, émerveillée. Je n'en avais encore jamais vu de pareilles.

— On m'en a fait cadeau. Je trouve qu'elles s'accordent bien à ma danse.

— Qu'est-ce qu'elles représentent ?

— Je ne sais pas, avoua Méretrê. Un serpent sortant d'une fleur, avec les bras et le buste d'un homme, mais avec la tête d'un lion. C'est sans doute une divinité.

— Elles sont en or ?

— Bien sûr ! Je n'aurais jamais accepté des breloques ! Maintenant dépêche-toi de me les attacher, on m'attend à côté.

La musique résonnait déjà quand la jeune femme pénétra dans la salle. Elle fut accueillie par des exclamations de joie et des coups de sifflet. La joueuse de tambourin fit crépiter son instrument, celle qui maniait les sistres émit un son aigu, puis Méretrê s'élança sur la piste, simple rectangle au milieu des nattes et des tables basses. Elle écarta les bras, donna deux coups de hanche pour accompagner les battements, après quoi elle se mit à onduler, s'enroulant autour d'un air de flûte avec une grâce toute reptilienne. Fascinée, l'assistance en oubliait de boire. Même les servantes évitèrent de circuler pendant sa danse. Un homme joufflu se pencha vers son compagnon de table.

— Cette fille-là fait bouillir le sang, murmura-t-il.

— C'est vrai, Méretrê ne laisse personne indifférent. C'est grâce à elle si *Le scarabée d'or* fait salle comble tous les soirs parce que la bière, elle, est plutôt fadasse. Le patron a failli connaître une émeute, il y a un mois, quand sa danseuse n'a plus reparu durant une semaine.

— Elle était malade ?

— C'est ce qu'elle a déclaré, mais je ne le crois pas. Je suppose qu'elle est partie roucouler plusieurs jours avec un client qui l'a couverte de cadeaux. Regarde l'éclat de ses boucles d'oreilles, cela m'étonnerait qu'elles soient en cuivre.

— Elle les porte depuis son retour? demanda le joufflu.

— Oui.

— Ce n'est pas très prudent.

Le buveur vida sa coupe, les yeux fixés sur Méretrê qui se trémoussait à présent sur un rythme trépidant. Elle fléchit les jambes, tomba à genoux, se pencha en arrière tout en agitant les bras jusqu'à ce que son front touche le sol. Les sistres qui accompagnaient ses contorsions émettaient de telles stridulations que quelques hommes ne purent se retenir d'accompagner sa danse par des cris. La musique cessa brutalement. La danseuse se releva, recueillit l'ovation de son public puis regagna sa loge tandis qu'une des musiciennes entonnait une mélodie au son de la flûte et du luth. La bière et les plats circulèrent à nouveau, les discussions reprirent à haute voix. Le joufflu se leva, traversa la salle et s'engouffra dans l'étroit couloir emprunté par Méretrê. Lorsqu'il força la porte du réduit, la jeune femme venait juste d'enfiler sa tunique de lin. La surprise les clouèrent sur place, elle et la fillette.

— Sors d'ici! glapit la danseuse en se plaçant devant son coffret à bijoux.

— Je ne viens pas te voler, assura le bonhomme. Je travaille pour Kâ, le chef de la sécurité, et j'enquête sur la disparition de la princesse Tirya. J'ai plusieurs questions à te poser.

— Je ne sais rien, se défendit Méretrê en renvoyant la gamine d'un geste.

Le policier arrêta la petite avant qu'elle ne franchisse le seuil.

— Rentre chez toi sans dire un mot à personne. Si l'un ou l'autre de ces ivrognes pointe son nez par ici, je serai obligé de faire du mal à ta maîtresse. Tu ne voudrais pas que ça arrive, n'est-ce pas ?

L'enfant secoua la tête et sortit. L'expression de l'homme se durcit brusquement.

— Parle-moi de ta semaine d'absence !

— J'étais malade. J'ai encore le droit d'être malade, non ? cracha Méretrê, agressive.

— Qui t'a soignée ? Tu étais chez ta mère ? Chez un ami ?

— Chez moi ! Seule !... Enfin, en compagnie de mes chats !

— Ce sont eux qui t'ont offert ces splendides boucles d'oreilles ? Que j'aimerais avoir de tels chats ! Montre-moi ces bijoux, veux-tu ?

La jeune femme comprit que l'individu n'était venu que pour la dépouiller. Elle ouvrit le coffret, lui tendit les boucles. Mais alors qu'il les étudiait, elle lui jeta le coffret à la tête et se rua vers la porte. Malgré le coup, le joufflu fit montre d'une grande souplesse. Il faucha Méretrê d'un magistral croc-en-jambe. Elle s'affala contre le battant, le souffle coupé. L'homme l'assomma avant qu'elle ait eu le temps de hurler. « Je vais attendre que la taverne se vide, décida-t-il. Si je traverse la salle avec cette fille sur mes épaules pour l'amener à Kâ, je vais déclencher une révolte. Ces outres à bière ne me laisseront jamais emporter leur danseuse. » Il soupesa les boucles d'oreilles dans sa paume.

— C'est de l'or pur, observa-t-il à voix haute. Mais quel motif étrange ! Qu'est-ce que ça peut bien représenter ?

*
* *

— C'est Apedemak, un dieu nubien, déclara Pharaon en faisant sauter les boucles dans sa main.

L'aube étirait l'ombre des claustras sur les dalles de la salle du conseil en une espèce de quadrillage un peu flou. Debout devant Amasis et Ménélas, Kâ poursuivit son rapport.

— La danseuse a tout avoué. Un certain Imef lui a remis ces bijoux pour tenir le rôle d'une des deux fausses prêtresses d'Hathor qui accompagnaient les sarcophages contenant Tirya et Hermès. Malheureusement elle ne sait pas qui était vraiment cet Imef, pas plus qu'elle ne connaît l'identité de ses complices.

— *Était* ? releva Pharaon en fronçant les sourcils.

— Hermès a jeté Imef à l'eau au moment où celui-ci forçait Tirya à monter sur un navire crétois, le *Fil d'Ariane*, qui devait les emmener chez les Sicules. L'homme s'est noyé.

— Les ravisseurs se sont montrés très prudents, constata Ménélas. En engageant des comparses qui ignoraient tout les uns des autres, ils se sont garantis contre tout risque de trahison.

Pharaon poussa un long soupir. Assis sur un simple siège en peau d'antilope, il se laissa aller contre le dossier et étendit les jambes dans une position bien peu conforme à l'étiquette. À cet instant, il offrait l'image d'un homme épuisé, que la disparition de sa fille affectait beaucoup.

— Le vol de la barque d'Hathor et des sarcophages, ainsi que l'enlèvement de Tirya et de son ami relèvent d'une organisation minutieuse, indiqua-t-il. Nous le savions déjà. Par ailleurs, les richesses distribuées prouvent que celui qui est derrière tout cela est un fieffé pilleur de tombes. Ces bijoux proviennent des demeures d'éternité de la région de Napata, au pays de Kouch. Mais comment cet Imef était-il entré en leur possession ?

— Il existe sans doute un trafic avec la Nubie, supposa Ménélas. Les joyaux transitent d'un lieu à l'autre par bateaux ou par caravanes.

— Nos patrouilles surveillent étroitement les pistes et les voies d'eau, rappela Kâ. Les ravisseurs ont dû faire main basse sur ces trésors par un tout autre moyen.

— Tu flaires une corruption parmi mes hauts fonctionnaires ? demanda Amasis en se redressant.

— Oui, répondit Kâ. Nous avons admis le fait que l'enlèvement a été préparé au palais. Mais pour quelle raison ? Je suis à peu près sûr que Tirya a découvert quelque chose au sujet de l'or nubien, et qu'on l'a fait disparaître pour l'empêcher de parler.

— Et elle ne m'en aurait pas soufflé mot ? s'étonna Amasis. C'est mal connaître ma fille !

— Peut-être attendait-elle d'avoir confirmation de ses soupçons avant de s'en ouvrir à toi. Cependant je ne comprends pas pourquoi ces chacals se sont donné autant de mal et ont dilapidé de si belles pièces d'orfèvrerie pour envoyer Tirya chez les Sicules alors qu'il était si facile de la supprimer ici. Je sais ta fille inestimable, mais...

Pharaon hocha la tête, bien d'accord avec son officier.

— J'ai pris le temps de réfléchir à cette affaire, et je suis parvenu à la conclusion qu'il s'agit d'une vengeance.

— Qui peut en vouloir à ce point à ta fille ?

— Ou à moi ? rectifia Amasis. Les ennemis ne me manquent pas, hélas.

— Tu penses aux partisans de Ninétis ? releva Ménélas. Mais elle est loin...

— Il y a aussi les Libyens que j'ai battus devant Cyrène[1], les Kouchites de Méroé, les Chaldéens, qui ont toujours une défaite à effacer... Pour lors, tâche de découvrir qui était cet Imef ! ordonna Pharaon à Kâ. Il doit bien avoir une famille qui s'inquiète de son absence. Essaie d'apprendre d'où il tenait ses bijoux.

— Je doute qu'il ait été le chef, grommela Ménélas. Il n'y a pas d'Imef au palais.

— C'est aussi mon avis, appuya Pharaon, mais il fallait accorder une grande confiance à cet homme pour lui avoir remis autant d'or à répartir entre les rameurs et les deux femmes. Il n'était certainement pas n'importe qui.

— Avant de faire comparaître la danseuse devant la kenebet, j'aimerais qu'un de mes hommes la promène en ville et dans les proches villages, proposa Kâ. Elle reconnaîtra peut-être un de ses complices.

1. Voir *Le Complot du Nil.*

Quand son groupe est entré dans le hangar à bateaux, deux hommes les attendaient avec leurs prisonniers : d'après la description qu'elle nous en a fait, l'un d'eux correspondait au Sauvage. Comme il n'est plus réapparu sur son île, j'ai de bonnes raisons de croire que c'est bien son corps décapité que j'ai remis à la vieille Awab.

— Ratisse les marais et les forêts de papyrus, cherche dans les trous des berges et dans les nids de crocodiles s'il le faut, mais je veux que tu mettes la main sur ce deuxième serpent : lui connaissait peut-être notre Imef.

— Mes hommes sont déjà au travail, avertit Kâ. Je n'ai pas attendu l'aube pour les disperser dans les ruelles et les arrière-cours. Les frustes qui possèdent des bracelets en or doivent bâtir des projets : ils désirent agrandir leur maison, acheter un troupeau d'ânes ou plus simplement gagner les faveurs d'une belle en lui passant le bijou au poignet... C'est à ce moment qu'ils se feront prendre ! J'aimerais également dépêcher une escouade à Pegwti afin d'arraisonner le *Fil d'Ariane* dès son retour, mais je manque d'effectifs.

Amasis pointa le menton vers Ménélas dont la barbe avait pris une teinte rousse dans la lumière du soleil levant.

— Occupe-toi de cela, lui dit-il. Quant à moi, je vais faire armer deux navires de guerre et les envoyer vers l'île des Sicules. Si les rois des cités ne m'offrent pas leur aide pour retrouver Tirya et Hermès, je demanderai à mes alliées, Cyrène et Sparte, d'envahir l'île et de la mettre à feu et à sang.

Pharaon se leva, dans une raideur toute royale à

présent, signifiant que l'entretien était terminé et que chacun devait s'atteler à sa tâche. Au moment de sortir, il se retourna. Les peintures murales commençaient à colorer la salle, scènes muettes de combat opposant les humains aux sombres créatures du Nil. Que le palais lui semblait silencieux en l'absence de sa fille ! Même les oies de Sehouna ne lançaient plus leurs cris dans le jardin, comme si une immobilité de plomb avait glacé les lieux.

Sehouna ! Elle se laissa couler dans le bassin, les joues gonflées. Elle garda l'air le plus longtemps possible, jusqu'à ce que sa poitrine commence à la brûler et sa tête à bourdonner, alors elle expulsa un filet de bulles et, d'une flexion de ses jambes, remonta à la surface. Elle flotta un moment, bras écartés, entendit le bruit des crocodiles, plus loin, qui fouettaient l'eau de la queue, se battant pour s'arracher la nourriture qu'on leur jetait, puis elle regagna le bord à larges brassées. Même nager ne lui procurait plus aucun plaisir. Elle se hissa hors du bassin, s'assit sur la margelle. Son singe Totis lui sauta sur les genoux. La gamine lui grattouilla le dos, mais elle cessa bien vite et posa la main sur l'amulette de Tirya qu'elle portait autour du cou car Pharaon lui avait permis de la conserver.

— Où êtes-vous ? murmura-t-elle, les yeux fermés. Vous me manquez tellement. Ce n'est pas comme les autres fois, quand vous quittiez le palais pour courir l'aventure. Là, j'ai vraiment l'impression qu'une ombre immense étend ses ailes sur nous.

Elle offrit son visage au soleil mais ne sentit pas la chaleur des rayons sur sa peau. « Si même Râ perd de sa force, frémit-elle, Apopis et les armées des ténèbres ne vont pas tarder à répandre le chaos sur l'Égypte. »

Les allées du jardin s'animèrent. Des porteurs d'eau apparurent, leurs récipients attachés à une perche en équilibre sur l'épaule, puis des servantes qui vinrent cueillir des fleurs de lotus pour embellir les chambres, enfin les gamins des notables qui allèrent s'aligner en rangs d'oignons devant la porte de la Maison de Vie, l'école des scribes dirigée par Maître Hamza. Trois fillettes coururent vers Sehouna. Celle-ci déclina leur invitation à jouer mais leur prêta néanmoins son petit singe. Le cœur gros, elle suivit l'allée, vers l'escalier de pierre qui permettait d'accéder au chemin de ronde. Comme chaque matin, de là-haut, elle passerait un moment à surveiller le trafic sur le fleuve. Peut-être un des vaisseaux lui ramènerait-il Tirya et Hermès ?

Sehouna grimpa les marches, se campa devant un créneau et regarda la ville en contrebas dont les maisons semblaient couvertes d'une poussière de nacre. Des navires étaient amarrés dans le port, des bacholes de pêcheurs dansaient sur le flot. Un gros bateau de charge remontait le courant, sans doute à destination de Memphis. La fillette resta immobile, les yeux rivés sur le Nil. Les sentinelles étaient postées au-dessus des portes et près des tours carrées qui renforçaient l'enceinte tous les cent pas. Sehouna ne perçut une présence derrière elle que lorsqu'une ample tunique l'effleura. Elle tourna la tête. Une fine calasiris[2] nouée sur l'épaule gauche, la reine Méryt-Ahmès venait de s'arrêter près d'elle.

2. Drapé de lin semi-transparent, au bas bordé d'une frange.

— Nous les reverrons, dit-elle pour faire gonfler l'espoir dans le cœur de la petite.

— Comment avez-vous su que je pensais à Tirya et à Hermès ?

— Tout le monde pense à eux. J'ai prié les déesses Isis et Neith pour qu'elles assurent leur sécurité et les ramènent à Saïs.

— Moi aussi je prie beaucoup, confessa Sehouna, mais j'ai l'impression que les dieux ont des oreilles de pierre.

— C'est vrai, admit la reine. Les dieux de l'Égypte ont l'air de s'être endormis alors qu'à l'Orient se lèvent de rouges divinités. Cyrus rassemble une formidable armée en Perse tandis que l'ambition de Crésus, le roi de Lydie, ne connaît plus de limites : tous les peuples de la Grèce d'Asie sont passés sous son joug. Si le conflit s'étend aux îles de la mer Égée, les Grecs réclameront notre aide. Et ce sera la guerre !

— Moi, tout ce que je veux, c'est retrouver Tirya et Hermès, déclara Sehouna que les considérations politiques laissaient indifférente.

Méryt-Ahmès lui déposa une bise sur la joue.

— Tu as raison, c'est le plus important. Je regrette de m'être laissé emporter par...

Elle ne termina pas sa phrase, porta les mains à son ventre et se plia en deux. Sehouna s'effraya de lui voir une telle expression de souffrance.

— Qu'est-ce qui se passe ? balbutia-t-elle.

La jeune femme essaya de se redresser, mais une crampe plus vive la rejeta en arrière. Son pied rencontra le vide. Elle eut un hoquet de terreur, tendit les bras. Sehouna l'attrapa avant qu'elle ne bascule et la tira à elle de toutes ses forces. Elles tombèrent l'une sur l'autre alors que les gardes accouraient en hurlant que la reine se sentait mal. La saisissant sous les aisselles et sous les genoux, ils la portèrent à l'ombre d'une tour en attendant l'arrivée du médecin royal.

— Ce n'est pas la première fois que je ressens ces douleurs, dit Méryt-Ahmès à Sehouna et aux hommes qui l'entouraient. Mais cette fois, c'est plus violent. L'intérieur me brûle comme si j'avais avalé du feu.

L'un des soldats lui offrit de l'eau, mais cela n'eut aucun effet. Pharaon et le médecin se hâtèrent sur les remparts. Ce dernier administra immédiatement à la jeune femme une potion à base de vératre blanc[3] qui lui vida l'estomac.

— Cela va un peu mieux, annonça Méryt-Ahmès après s'être rincé la bouche.

Elle se leva, tituba. Amasis la soutint. Avec l'aide d'un de ses hommes, il lui fit redescendre l'escalier pour la ramener à sa chambre.

— Qu'est-ce qu'elle a eu ? demanda Sehouna au médecin qui marchait derrière eux. Si je ne l'avais pas retenue, elle serait tombée de la muraille.

— Tu es une bonne petite fille, Pharaon te récompensera. La reine a quelques troubles intestinaux, mais rien que je ne saurais soigner.

Du haut d'une fenêtre, une silhouette avait suivi toute la scène. « Mon venin commence à te ronger, Méryt-Ahmès. Tu passeras par des phases d'apaisement et de douleurs fulgurantes, selon la fréquence

3. Plante utilisée comme vomitif et purgatif.

d'absorption et le dosage de mon poison. Ce vieux poseur de sangsues ne parviendra pas à te guérir. »

Quand le groupe atteignit le palais, la silhouette se décolla de la fenêtre et se porta à leur rencontre en arborant une mine inquiète.

II

LE LAIT D'ÂNESSE

Assise au pied d'un palmier, la vieille Awab guettait la paysanne et ses ânesses. Elle avait noté ses allées et venues, et elle savait à quel moment la femme quittait son village pour livrer son lait à la caserne. Depuis que son fils avait été tué par Vent du Nord, elle cherchait toujours à retrouver l'assassin, persuadée qu'il s'agissait d'un officier. Le régiment d'Horus était le dernier qu'il lui restait à sonder. Jusqu'à présent, sa quête auprès des autres corps d'armée n'avait rien donné. Elle avait interrogé des soldats dans les tavernes et dans le port, elle avait offert à des courtisanes des herbes médicinales pour qu'elles soutirent des renseignements à des sous-officiers en goguette, mais ni les uns ni les autres se semblaient connaître Vent du Nord. La mère du Sauvage était donc certaine que celui-ci appartenait à la garnison d'Horus située derrière le palais.

Le régiment d'Horus était constitué de troupes d'élites qui fréquentaient peu ou pas du tout les bouges de Saïs. Les Hommes de Bronze en faisaient partie avec leurs familles, si bien que le casernement offrait l'aspect d'un quartier grec dans la ville égyptienne avec son agora, ses boutiques et ses lieux de plaisirs. De ce fait, les soldats et les officiers étaient peu enclins à sortir. En revanche, la vieille femme était prête à employer n'importe quel moyen pour pénétrer à l'intérieur.

Awab vit apparaître une petite colonne d'ânes. Marchant derrière ses bêtes sur une digue, la paysanne longeait une retenue d'eau servant à irriguer les champs après la période des crues. La vieille Awab jeta un coup d'œil autour d'elle : quelques gamins jouaient sur une aire de dépiquage; des femmes entouraient un chadouf qu'actionnait un fellah, attendant leur tour pour remplir leurs jarres; des paysans nettoyaient un canal d'irrigation et empierraient les bords pour qu'ils ne s'effondrent pas sous la prochaine poussée des eaux. « Personne ne regarde par ici, observa Awab. Attention, elle arrive! » La vieille femme commença à geindre dès qu'elle perçut le bruit des sabots cognant dans les cailloux.

— Aide-moi à me relever! implora-t-elle dès que la paysanne arriva près d'elle. Mon dos est si moulu qu'il n'a plus la force de me soutenir.

L'ânière répondit :

— Il fallait rester chez toi si tes jambes ne te portent plus. N'espère pas monter sur l'une de mes bêtes, je n'ai pas le temps de t'emmener quelque part : je dois livrer mon lait à la garnison d'Horus.

— Je ne te demande que de m'aider à me relever.

La paysanne fit claquer sa langue. Ses ânesses s'arrêtèrent.

— C'est un plaisir de constater que des bourriques obéissent si bien, dit Awab. Elles sont plus dociles que des enfants.

— Et plus reconnaissantes à bien des égards, compléta la femme.

Elle passa derrière la vieille et l'agrippa sous les bras. Awab se dégagea avec une rapidité surprenante, se retourna et lui enfonça son pouce dans le ventre. L'ânière eut un hoquet, se cassa en deux, le souffle coupé, la bouche grande ouverte. Awab l'empoigna par les cheveux et lui cogna violemment le front contre le tronc. La paysanne s'écroula, assommée. Alors la vieille femme la cacha aux regards puis elle grimpa sur l'ânesse de tête, lui planta ses talons dans les flancs et émit un claquement de la langue. La petite colonne repartit à la queue leu leu comme un deuxième groupe d'ânes se montrait, chargé de grappes de fleurs encore couvertes de rosée.

Peu après, la sentinelle plantée devant la caserne abaissa sa lance devant les bêtes.

— Pourquoi n'est-ce pas Sissis qui vient ce matin ?

— Elle est malade, mentit Awab. Je suis sa mère.

L'homme redressa son arme et, d'un signe de la tête, il autorisa la vieille femme à entrer. Awab se laissa guider par les ânes habitués à se rendre sur la place du marché. Elle choisit pourtant de s'installer à l'écart des autres paysans.

Les mercenaires grecs qui n'étaient pas de service ou à l'entraînement flânaient sur l'agora tandis que des Égyptiennes — épouses ou servantes — négociaient les prix avec les marchands. Une jeune fille s'arrêta devant Awab, un vase et un pain à la main.

— C'est toi qui trais les ânesses aujourd'hui ?

— C'est moi, affirma la vieille femme. Ma fille Sissis s'est foulé la cheville hier soir, alors je la remplace... Je dois aussi apporter son lait à Vent du Nord, mais Sissis a oublié de me préciser où il habitait.

Elle prit le vase, le plaça sous un pis, saisit les trayons, les pressa légèrement et vida la mamelle à petits jets.

— Tu le connais, toi, Vent du Nord ? reprit-elle comme la jeune fille restait muette.

— Non, je ne connais pas tout le monde ici.

— C'est un officier !

La servante tira une moue.

— Je suis au service du boulanger, pas du commandant de la garnison.

— Un officier, ça ne passe pas inaperçu tout de même ! insista la mère du Sauvage. Tu ne pourrais pas me trouver le renseignement auprès des soldats ?

— Je n'ai pas que ça à faire.

Awab lui tendit son vase plein, accepta le pain en guise de paiement, mais au moment où la jeune fille tournait les talons, elle piqua l'ânesse avec l'aiguille qui retenait ses cheveux. L'animal fit un bond en avant. Heurtée à l'épaule, la servante perdit l'équilibre et le lait se répandit sur le sol.

— Que tu es maladroite ! la plaignit Awab. Ton maître va te tanner les reins !

Des larmes dans les yeux, la jeune fille regardait la tache humide devant ses pieds. Elle désigna l'âne.

— C'est cette bête qui...

— Je peux arranger cela, lui souffla Awab. Je te garde un pis et tu vas aller interroger un soldat ou un sous-officier. Mais ne reviens pas sans la bonne réponse, sinon le boulanger devra se contenter d'eau.

La jeune fille s'éloigna. La vieille femme servit le lait à d'autres clientes, leur posant toujours la même question, mais aucune n'avait entendu parler de Vent du Nord. « C'est un surnom, comprit Awab. Ce sont les soldats qui l'ont affublé de ce sobriquet. Ce sont eux qu'il faut interroger, pas leurs épouses. » Un mercenaire grec vint flatter l'encolure d'une ânesse. La vieille se mit à lui parler du temps et de ses rhumatismes pour créer un lien de sympathie, puis elle demanda de façon abrupte :

— Où est Vent du Nord ?

Surpris, l'homme leva le nez vers le ciel.

— On le sent à peine, répondit-il. Il enfle surtout avec la tombée de la nuit.

Awab eut un haussement d'épaules. Ou le Grec était un idiot, ou il n'avait jamais entendu le surnom de l'officier. « La jeune servante tient à son lait, se rassura-t-elle. Elle va m'apprendre ce que je veux savoir sur l'assassin de mon fils. »

Justement, la jeune fille s'était assise à l'abri des regards, sous un porche près du terrain d'entraînement, et elle ruminait des pensées tout en taquinant un gros chat. « C'est la vieille peau qui a renversé mon lait pour m'obliger à lui fournir son information. Mais je vais lui bailler une fable. Ça lui apprendra à se moquer de moi. » De l'endroit où elle se trouvait, elle entendait les épées s'entrechoquer, les coups sourds frappés sur les boucliers, et les hurlements des combattants lorsque les sous-officiers commandaient des charges. Au bout d'un moment elle revint vers Awab.

— J'ai questionné des gardes, un officier et trois garçons d'écurie, annonça-t-elle. Ils m'ont tous dit la même chose.

— Je t'écoute.

— Commence à traire !

La vieille femme s'accroupit à côté d'une ânesse et se mit à diriger les giclées dans le vase.

— Je ne sais pas ce que t'a raconté Sissis, mais elle n'a jamais livré son lait à Vent du Nord.

Awab joua la surprise.

— Comment ? Elle m'a pourtant assuré...

— Elle t'a menti... Continue donc à vider le pis !

— Raison de plus pour que j'aille m'excuser auprès de lui ! Où loge-t-il ? Quel est son vrai nom ?

Un homme et une femme s'arrêtèrent près d'elles, une cruche à la main. La jeune fille estima que la vieille ânière ne pouvait plus se permettre de lui jeter son lait à la figure. Elle libéra sa colère.

— Il n'a pas d'autre nom. Il n'a pas de visage non plus. Personne ne le connaît ici. Sissis t'a bernée avec des chansons. Le lait qu'elle prétend lui avoir vendu, elle l'a donné à un beau sous-officier. Vent du Nord n'existe pas. Un pet d'oiseau a plus de consistance que lui. Je suis désolée, acheva-t-elle avec un sourire de crocodile.

Awab la foudroya du regard mais elle lui rendit son vase.

— C'est vrai ? demanda-t-elle aux deux qui attendaient.

L'homme n'était pas un soldat ; quant à la femme, elle avait des mains de brasseuse et sentait l'orge.

— Je ne sais pas, se désola l'homme. Je ne laisse pas traîner mes oreilles.

— Moi non plus, renchérit la femme. Les histoires d'autrui...

Elle tendit sa cruche.

— Plus de lait ! grogna Awab qui n'avait plus envie de perdre son temps dans la caserne.

— Comment ça, plus de lait ? Le pis est encore gonflé.

— Le reste est pour son ânon ! Il en a besoin pour développer de grandes et utiles oreilles. Pour vous, il est trop tard.

La vieille femme les planta là et poussa ses bêtes à travers l'agora en direction de l'enceinte. Comme elle s'apprêtait à franchir la porte, elle décida de jouer son va-tout. Elle dit à la sentinelle :

— Vent du Nord te demande.

Le garde eut une mine étonnée.

— Qui ?

Sa réponse suffit à Awab. L'officier qu'elle recherchait tant ne faisait pas partie de la garnison. Elle en fut si dépitée qu'elle grinça :

— Tu existes, Vent du Nord, je le sais bien ! Je retournerai chaque pierre s'il le faut, mais je te retrouverai ! Kâ m'a rendu un corps décapité qui n'était pas celui de mon fils. Je l'ai enterré de mes mains comme si c'était mon Sauvage parce que je me savais surveillée. C'était la tête de l'autre dans le panier, j'en suis sûre ! Pour ces deux vies que tu as prises, tu vas payer, Vent du Nord ! Je suis l'arme de Maât !

12

LA FÊTE DE BELENOS

Tôt le matin, Erianos fit claquer les rênes sur la croupe de sa mule. Le chariot s'ébranla. Hermès était assis à côté du serviteur gaulois alors que Gyptis et Tirya étaient installées à l'arrière, sur des coussins. La bâche avait été repliée, les arceaux retirés, et des guirlandes de fleurs fixées sur les ridelles.

— Tu voyages comme une princesse, dit Gyptis à Tirya. En général, les esclaves marchent à côté de l'attelage.

Tirya songea aux promenades en char autour de Saïs ou en barque sur le Nil. Rien de comparable à ces bringuebalements qui, malgré les coussins, faisaient tressauter les passagers et tassaient les vertèbres.

— Nous pouvions rester à la maison, Hermès et moi.

— Bien sûr, et à notre retour, pfuit ! vous auriez disparu. J'aurais été obligée de lancer des gardes après vous, puis de vous faire battre en public. La ville aurait ri de moi, jugeant que je n'étais pas capable de conserver mes esclaves, et vous n'auriez plus été bons à grand chose avec le dos rompu... Déjà que vous n'êtes pas très doués pour accomplir les tâches domestiques !... J'ai vraiment perdu mon argent en vous achetant, mais après la mort de Prôtis, je souhaitais à nouveau une présence grecque dans ma demeure. C'est de toi dont je n'avais pas besoin, fille d'Horus !

Tirya savait que Gyptis se débarrasserait d'elle si elle commettait la moindre faute. La vieille femme s'était laissé attendrir sur l'agora, mais elle s'était reprise depuis, et elle ne ménageait pas la jeune fille. Être assise sur ces coussins en sa compagnie relevait du prodige.

Erianos conduisit le chariot hors de Phocée en empruntant la voie du nord. Il dépassa les cabanes celtes, les fours des potiers, sortit par la Porte Tuto et longea des carrières où crépitaient déjà les coups de pic et de maillet. Très vite, succédant aux champs, la région se bossela de collines couvertes de pins et de yeuses. Par endroits, les versants exposés à l'est avaient été défrichés et plantés en vignes et en oliviers.

— Bien que les habitants des Mayans, où nous allons, aient pris l'habitude de parler le grec, le village offre encore l'aspect d'un bourg gaulois, avertit Erianos. Tu n'as jamais vu d'oppidum ?

— Non, répondit Hermès. Ni de fêtes celtes d'ailleurs. Que peux-tu m'apprendre sur celle à laquelle Gyptis est conviée ?

— La fête de Belenos a lieu chaque année[1] afin d'attirer la bienveillance du dieu sur les grains qui viennent de lever et sur les troupeaux qui partent paître. À cette occasion, les druides purifient les bêtes dans la fumée de feux sacrés.

— Pourquoi ne pas l'avoir fait avec vos chèvres ?

1. Le 1er mai.

La voix éraillée de Gyptis grinça dans le dos d'Hermès.

— Parce que cela n'a plus cours en ville. Les rares animaux que possèdent encore les Ségobriges de Phocée vont brouter les herbes folles sur les friches à l'intérieur des remparts. Ils ne craignent plus ni les loups ni les ours.

Tirya discerna de l'amertume dans le ton.

— Votre monde a l'air de changer rapidement, constata la jeune fille. En Égypte, nous vivons aussi au contact des Grecs de Naucratis et de Memphis, mais nous gardons chacun notre façon de vivre. Il n'y a que les marchands et les hauts fonctionnaires du palais pour utiliser les deux langues. Dans mon cas, c'est Hermès qui m'a appris le grec.

Gyptis fit une grimace et balaya les propos de Tirya d'un geste de la main. Elle n'avait pas envie qu'on lui rappelle qu'elle était à l'origine de l'établissement de la colonie phocéenne, et qu'elle avait été l'une des premières à adopter un nouveau mode de vie... même si dans son cœur battait toujours le sang des Celtes.

— Vous auriez pu emmener vos chèvres en les faisant marcher devant nous, reprit Hermès.

— En fait, Gyptis est invitée au mariage de Massalia, la fille d'Imerix, le roi des Salyens, précisa Erianos. Elle a tenu à arriver un jour plus tôt pour assister à la fête de Belenos.

— Un mariage ? s'écria Tirya. Et vous ne m'avez donné que ce chiton bleu pour tout vêtement ? On ne croira jamais que je sers une princesse !

— Ne te leurre pas, c'est en tant que serviteurs que ton ami et toi participerez au festin ! répliqua

Gyptis. Vous n'aurez que des os à ronger, et du vin vous ne connaîtrez que l'odeur ! Si j'avais emmené mes chèvres, c'est avec elles que tu aurais passé ces deux journées. Alors un pagne en peau aurait suffi !

Tirya haussa les épaules, se renfrogna, releva ses genoux contre sa poitrine, croisa les bras par-dessus et fixa le paysage de maquis qui ceinturait les îlots de vigne. Elle espérait de tout son cœur et de toute son âme qu'Hermès et elle parviendraient à s'enfuir au cours des noces, quand tous seraient trop lourds de viande et de boisson pour s'élancer à leur poursuite, voire pour remarquer leur disparition. Elle en avait plus qu'assez de subir l'humeur de cette princesse de pacotille ! « À Saïs, je ne la voudrais même pas comme plumeuse d'oies ! »

Au début de l'après-midi, ils atteignirent une petite chaîne boisée[2]. Un village fortifié se dressait au sommet d'une colline accessible par un sentier qui serpentait sur son versant. Pressé d'arriver, Erianos excita sa mule par des cris. Elle se mit à trotter mais reprit bientôt son rythme tranquille, avançant d'un pas nonchalant malgré les exhortations du cocher.

Un peu plus tard, le chariot de Gyptis rejoignit d'autres charrettes à l'entrée de la bourgade. D'épaisses murailles ceinturaient Les Mayans, constituées d'une armature de poutres entrecroisées, de couches de terre et de pierrailles avec un parement de gros blocs en façade. Dix tours carrées renforçaient l'enceinte, conférant à l'ensemble l'aspect d'une sombre forteresse.

2. La chaîne de l'Étoile.

— Le palais de Pharaon n'est pas mieux défendu, fit observer Hermès.

— Le village des Mayans est une place marchande qui draine les produits gaulois vers Phocée, expliqua Erianos. Tout comme la ville, elle attire la convoitise des Ligures et des peuples des alentours. Rien de surprenant, donc, qu'elle s'entoure d'une solide protection ! D'autre part, des querelles éclatent fréquemment entre les tribus. Les Celtes ont le sang bouillant. Quand ils rentrent du combat, c'est avec la tête de l'adversaire suspendue à l'encolure de leurs chevaux. Ils la rapportent chez eux pour la clouer à leur porte ou pour l'exposer à l'entrée du village. C'est une façon de dissuader l'ennemi d'approcher.

— Mais ce sont des sauvages ! s'exclama Tirya.

— Ils agissent de même avec les esclaves en fuite, renchérit Gyptis.

Tirya lui coula un coup d'œil en biais. La vieille Ségobrige semblait s'amuser de la frayeur suscitée par ses paroles, et elle émit un petit rire grinçant, propre à faire rentrer la tête dans les épaules.

Ils franchirent la porte massive et se retrouvèrent tout de suite dans un fouillis de maisons. Bâties avec des madriers et des clayonnages colmatés d'argile, les habitations se pressaient les unes contre les autres, sans ordre, les plus grandes étant perpendiculaires à la pente. Les volailles et les chiens couraient devant les chariots qui se dirigeaient tous vers une placette centrale où était édifié le fanum, un sanctuaire orienté à l'est. Un second mur plus modeste séparait quelques maisons du reste du village : celles-ci coiffaient une petite butte, et certaines comportaient un étage.

— Le roi, le druide et le barde vivent à l'écart du peuple, souligna Erianos comme Hermès s'étonnait de l'isolement de ces demeures. Ce sont en quelque sorte des personnages sacrés.

— Nous logerons cette nuit chez le barde Taliesin, indiqua Gyptis. Toi avec les servantes, dit-elle à Tirya, toi dans l'écurie avec les chevaux et les mules ! termina-t-elle en plantant son bâton dans les côtes d'Hermès.

Tirya se demanda si la vieille femme affalée dans sa charrette avait été un personnage sacré, elle aussi. La princesse dut sentir la question dans le regard de la jeune fille car elle se leva, se tint bien droite et adressa des signes amicaux aux gens — forgeron, potier, sabotier, charpentier, tanneur, teinturier, charcutier, marchand d'hydromel qui, de leur atelier ou de leur échoppe, suivaient des yeux la lente avancée du convoi. Les Mayans dégageait une odeur particulière : une forte émanation de cuir, de bois et de métal fondu, ainsi que les effluves exhalés par les chevaux. Erianos s'arrêta devant le fanum, à côté des autres chariots.

— Dételle la mule et mène-la à l'écurie derrière le sanctuaire, ordonna-t-il à Hermès, puis reviens ici ! Gyptis va aller saluer le roi Imerix. Pendant ce temps, Tirya, tu m'aideras à déplier la bâche et à l'étendre sur les coussins ! Je n'ai pas envie qu'une poule vienne pondre sur eux.

— Ce serait vexant, surtout après avoir connu des fesses princières, persifla la jeune Égyptienne.

Gyptis lui décocha un coup de bâton, puis elle se rendit chez le roi. Lorsqu'elle revint, ils sortirent tous les quatre du gros village, suivirent un sentier défoncé par les sabots et aboutirent sur un grand pré, l'espace sacré sur lequel les troupeaux allaient être purifiés. L'air résonnait de cris d'enfants excités par la fête, de beuglements et de béguètements. Les paysans des hameaux voisins étaient venus en grand nombre pour honorer la divinité et célébrer le début de la saison. C'était l'occasion pour eux de se retrouver, d'échanger les nouvelles, mais aussi de se sentir unis à travers une même foi. Gyptis fendit la foule pour gagner le premier rang, comme son statut de princesse l'y autorisait. Marchant derrière la vieille femme, Tirya profita de la cohue pour prendre la main d'Hermès. Quoique travaillant depuis une semaine dans la même demeure, ils n'avaient pas pu s'isoler, Erianos ou Gyptis étant constamment sur leurs talons. Leurs doigts se serrèrent, leurs regards se croisèrent. Les yeux de Tirya brillaient d'un éclat intense, reflétant son espoir de s'enfuir au plus vite. Hermès fit oui de la tête, mais son geste n'échappa pas à Erianos planté derrière lui. Il envoya une bourrade dans le dos du jeune Grec.

— Je ne sais pas ce que vous manigancez, gronda-t-il, mais je vous tiens à l'œil. Si vous aviez l'idée de nous fausser compagnie, renoncez-y. Responsable de ses invités, le roi Imerix lâcherait ses chiens de chasse à vos trousses. Vous seriez alors considérés comme de vulgaires prisonniers, et le druide n'hésiterait pas à vous sacrifier aux dieux.

— Des sacrifices humains ? releva Tirya. Mais c'est horrible !

Gyptis ajouta :

— Nos armes sacrificielles sont les éléments naturels : l'air, la terre, l'eau et le feu.

— C'est-à-dire ?

— Nos prisonniers sont pendus, crucifiés, enterrés vifs, noyés ou brûlés.

— Vous voulez dire que vous brûlez leurs corps... hasarda Hermès.

— Non, jeune homme, répondit la vieille femme avec un vilain sourire. Nous dressons de grands mannequins aux parois en osier, nous les remplissons d'hommes et de femmes vivants, parfois d'animaux, nous les chargeons de paille et de foin et nous y mettons le feu.

Tirya demeura sans voix. Elle regarda la foule avec dégoût, puis elle se persuada que Gyptis avait raconté cela pour l'effrayer, de la même manière qu'on inculque la peur du loup aux enfants pour les dissuader de s'éloigner du village. « Tu peux évoquer les pires tourments, espèce de harpie délirante, tu ne réussiras pas à me terrifier assez pour me garder auprès de toi. »

Des faisceaux de branches avaient été édifiés en une ligne qui séparait le pré en deux. Gardés par leurs bouviers et leurs bergers, des troupeaux attendaient. Le roi, le druide et le barde arrivèrent ensemble. Imerix se campa au milieu de l'aire, souhaita la bienvenue à tous les présents, puis il laissa la place au druide. Vêtu d'une longue tunique blanche, celui-ci alluma un petit foyer. Lorsque les premières flammes s'en échappèrent, il leva les bras vers le soleil.

— Que Lug et Belenos le Brillant[3] abaissent leurs

3. Belenos est apparenté à Lug (ou Bel) sous son aspect solaire.

regards sur nous ! commença-t-il. Aujourd'hui est le premier jour de Beltaine, la deuxième saison de l'année. C'est d'elle que va dépendre notre prospérité. Ô Belenos, fais pousser notre grain et produis une herbe drue pour nos bêtes ! Bien engraissées, elles fourniront un lait et une viande délicieux, et contenteront les dieux par des sacrifices.

Il prit trois torches, embrasa la première...

— Par le ciel !

... puis la deuxième...

— Par l'air !

... enfin la dernière...

— Par la terre !

... et les tint devant lui, formant les rayons d'une roue.

— Par le feu ! conclut-il en les élevant.

Il donna les torches à trois hommes qui s'empressèrent d'enflammer les bûchers. Une âcre fumée grise envahit l'espace, piquant les yeux. Aussitôt les gardiens des troupeaux jetèrent des cris pour pousser leurs bêtes en avant. Vaches, taureaux, porcs, chèvres et moutons s'élancèrent sur le pré, dirigés vers les feux par les hommes qui les aiguillonnaient. Effrayés par la fumée, les jeunes animaux de l'année tentèrent de fuir par les côtés, mais les gens établis sur les bordures du terrain se mirent à hurler avec force gestes pour les rabattre sur l'aire sacrée. Un berger empoigna un agneau et le porta lui-même dans la fumée. Un bélier paniqua. Il courut en zigzag, heurta un feu de joie, faisant ainsi dégringoler le faisceau de branches. Un brandon fut projeté sur un taureau. Le poil roussi, le bovin recula en beuglant de colère, puis il chargea un groupe de femmes et d'enfants. Les femmes refluèrent, un gamin tomba. Le taureau fonça sur lui. Un homme se précipita vers la bête pour attirer son attention, mais le bestiau n'eut cure de ses gesticulations. Le garçon leva le bras pour se protéger de l'attaque quand Hermès bondit sur lui, le coucha à terre et lui fit un bouclier de son corps. Le taureau lui flanqua un coup de cornes, tourna autour d'eux en piochant le sol de son sabot mais, curieusement, il hésita à frapper à nouveau. On l'attrapa par la queue, par les cornes, on lui tordit le cou pour l'obliger à plier les genoux, puis on le fit basculer sur le flanc. Trois hommes le maintinrent au sol, le temps de secourir Hermès et l'enfant. Le gamin était sauf, mais le jeune Grec saignait au bras. Tirya lui sauta au cou et se serra très fort contre lui.

— J'ai eu si peur, souffla-t-elle. Cette bête aurait pu te tuer !

La vieille Gyptis dispersa les curieux à l'aide de son bâton.

— Allez, allez ! piailla-t-elle, il y a eu plus de peur que de mal.

Elle secoua Tirya par son vêtement.

— Et toi, sache que le rôle d'une esclave est de soigner un blessé, pas de l'embrasser ! C'est de son bras que tu dois t'occuper. Je le veux en parfait état, je l'ai payé assez cher !

Erianos posa sa main sur l'épaule d'Hermès.

— Ce qu'elle ne dit pas, ce qu'elle n'avouera jamais, c'est qu'elle t'admire pour ton acte. Et moi aussi !

— Tais-toi, vieux radoteur ! Au lieu de débiter des sornettes, tu ferais mieux d'accompagner ces deux-là à la maison du druide. Sa servante vous donnera un baume à appliquer sur la plaie.

Le père du gamin se planta devant la princesse comme le trio allait se séparer d'elle.

— Ton esclave a sauvé mon fils. Il mérite d'être affranchi.

— Tu te proposes pour le remplacer ?

— Je t'ai connue plus aimable, poursuivit l'homme. Je me souviens d'un temps où le roi Imerix était au nombre de tes courtisans, et tu peuplais les rêves de maints jeunes guerriers.

— Tu te souviens ? cracha Gyptis. À cette époque tu avais l'âge d'un cochon de lait.

Tirya éclata de rire. L'homme tenta de rire à son tour.

— Je te le demande comme une faveur, insista-t-il. Libère ce jeune homme de sa servitude ! On n'enchaîne pas le protégé de Belenos.

— Voilà autre chose ! s'exclama la vieille femme. J'ai acheté Hermès, je le garde !

— Le taureau est le symbole de la force, intervint le druide qui s'était approché. Il est liée à la fonction royale. S'il n'a pas encorné cet esclave, c'est qu'il a reconnu en lui un futur roi. Que Gyptis affranchisse ou non Hermès n'a aucune importance ! Il s'élèvera de lui-même aux plus hautes fonctions.

Tirya et son ami se regardèrent, surpris et rayonnants. Ils eurent la même pensée : le destin d'Hermès était de devenir Pharaon ! Ils regagneraient l'Égypte, et le trône d'Isis serait à Tirya. Elle s'y assoirait de la façon dont elle l'avait toujours désirée : en tant que Grande Épouse Royale d'un être qu'elle chérissait. Elle ne voulut pas penser à son père ni à son demi-frère Psammétique. Son avenir était tout tracé, et personne n'y pourrait rien changer. Gyptis étudia Hermès d'un œil méfiant.

— Psss, siffla-t-elle... roi des corbeaux, oui.

Le druide s'éloigna. Un garçonnet vint toucher Hermès, puis ce fut le tour d'une femme. D'autres enfants les imitèrent ainsi que leurs mères, et le jeune Grec se trouva bientôt au centre d'attentions toutes particulières.

— Que se passe-t-il ? s'étonna Tirya.

— En touchant, en effleurant ou même simplement en tendant la main vers lui, ces femmes et ces enfants puisent un peu de sa force, déclara Erianos. Ils pensent ainsi que Belenos leur accordera aussi sa protection.

Plusieurs jeunes filles se frayèrent un passage et se mirent à palper Hermès en poussant de petits rires. Tirya en prit tout de suite ombrage.

— Ça suffit ! s'exclama-t-elle en tentant de les écarter. À vous presser contre lui de la sorte, vous allez étouffer votre dieu ! Il ne vous restera plus alors qu'à adorer l'empreinte de ses pas !

Une belle rousse la toisa et, la lippe méprisante :

— De quoi te mêles-tu, esclave ? Retourne sous tes papyrus !

Tirya l'empoigna par la chevelure.

— Ton père doit être une créature de Seth pour avoir conçu une telle engeance. Chez moi, les ânesses au poil roux, on les jette aux crocodiles !

— Je suis Massalia, la fille du roi ! éclata la jeune femme, rouge de colère. Tu finiras dans un mannequin de feu !

La princesse Gyptis abaissa son bâton entre elles.

— Je n'ai pas versé cinq cents oboles à ce voleur d'Euthymos pour les voir s'envoler en fumée. Mes deux esclaves vont retourner au village avec Erianos. C'est toi, l'Égyptienne, qui iras dormir cette nuit dans la paille avec les bêtes ! Ton ami a gagné le droit de loger avec les serviteurs. Quant à toi, Massalia, je te souhaite un bonheur sans fin avec ton futur époux.

Tirya comprit qu'il valait mieux se taire. Elle ravala des mots de feu qui lui laissèrent dans la gorge une brûlure de fiel.

Plus tard, quand le ciel s'alluma d'étoiles, Tirya se retrouva dans une poussière de foin et de paille qui la fit éternuer plusieurs fois. La fête avait pris fin, même si quelques jeunes hommes bondissaient encore par-dessus les feux de joie pour mesurer leur agilité. « Si je savais monter, je sauterais sur le dos d'un de ces chevaux et je m'enfuirais d'ici. » Mais c'était impossible ! Elle savait qu'elle tomberait au premier galop. D'autre part, Hermès était retenu à l'intérieur de la maison du barde Taliesin. Et puis où aller ? La seule évasion efficace ne pouvait s'opérer que par la mer. Tirya prit son mal en patience et se remit à penser à la prodigieuse destinée qui les attendait, Hermès et elle.

13

LA COUPE ET LE TORQUE

Tirya n'en finissait pas de se débarrasser des fétus de paille : elle en avait jusque dans les cheveux, et elle sentait le crottin de cheval.

— Il faudra me porter pour me sortir d'ici ! cria-t-elle à Erianos lorsqu'il vint ouvrir le portail de l'écurie, au matin. Parce que je refuse de... !

Sans un mot, il l'empoigna, la jeta sur son épaule et l'amena à Gyptis.

— La pouliche promène une odeur de fumier, déclara-t-il en reposant la jeune fille sur le sol de la chambre. Elle va indisposer la tablée.

La vieille princesse la renifla et fit une moue.

— Verse-toi trois cruches d'eau sur le corps, frotte-toi avec du suif et relève ton teint avec de la mousse de bière ! conseilla-t-elle à Tirya. Après quoi, enfile une jupe et une courte tunique que tu serreras à la taille ! Erianos va te procurer tout cela.

— Et pour mes bijoux ? Même en étant à vos ordres, je ne veux pas qu'on me prenne pour une...

— Des bijoux ? s'étrangla Gyptis. Tu n'es pas la mariée ! Tu peux te tatouer les bras avec du pastel, si tu veux, mais presse-toi !

— Je ne suis pas une danseuse nubienne ! objecta Tirya.

— Alors contente-toi de te laver !

Lorsque la jeune Égyptienne reparut, fraîche, les cheveux noués en chignon, les serviteurs de Taliesin émirent de légers sifflements.

— Aujourd'hui vous servez à l'extérieur, rappela le maître de maison. Je ne veux aucune fausse note. Si l'un d'entre vous commet la moindre erreur, je lui cloue la main droite à un poteau. Quant à vous deux, pressez-vous ! ajouta-t-il à l'adresse de Tirya et d'Hermès. Gyptis vous attend déjà sur le seuil !

Au moment de rejoindre la vieille femme, la main de Tirya effleura celle de son ami. Il tourna la tête. « Il faut fuir aujourd'hui ! » lut-il sur ses lèvres. Il cligna des paupières, marquant son accord.

De grandes tables avaient été dressées sur la place du fanum, en forme de cercle muni d'une petite ouverture par où les serviteurs apporteraient les plats. Des bœufs entiers et des sangliers doraient lentement sur leur broche, et des tonneaux de vin et de corma — une bière au miel — attendaient d'être percés, empilés contre le mur d'une maison. Outre les gens du village, Imerix avait invité les chefs des bourgades voisines ainsi que leurs familles. Une dizaine de prétendants paradait devant les filles, plus coqs les uns que les autres. Il y avait là Catumandus, Agorix, Ivocatus, Fintan, Cathbad... tous chefs ou fils de chefs, propriétaires terriens, établis entre la rivière de l'Arc et la mer. Et Comanos, roi des Ligures de Roc-Perthus, qui dépassait tous les autres d'une tête ! Ils avaient teint leurs cheveux en rouge et les avaient dressés en toupet au-dessus du front. Ils étaient vêtus de tuniques bigarrées aux couleurs éclatantes et de braies rayées, mais certains allaient jambes nues, les mollets serrés dans des peaux de cheval retenues par des courroies s'entrecroisant jusqu'aux genoux. Des saies taillées dans une étoffe à petits carreaux étaient retenues à l'épaule par de riches broches en or. Comanos, lui, arborait un sagon à capuche, d'un vert uni avec des bordures écarlates. Hommes et femmes exhibaient leurs plus belles parures : bracelets, colliers, fibules, boucles de ceinture en fer incrusté d'argent ou en or cloisonné avec des incrustations de verre grenat. Comanos et les hommes de haute naissance étaient les seuls à porter en outre un torque autour du cou. Les discussions allaient bon train, les paris étaient ouverts quant à savoir qui deviendrait l'époux de la belle Massalia.

— Ce sera Comanos ! chuchotaient les jeunes filles, sensibles à l'allure altière et quelque peu bravache du Ligure.

— Ce sera Catumandus, rectifiaient d'autres. Il est plus jeune et a le rire facile.

Et déjà les deux favoris se défiaient du regard tandis que les autres ondulaient des épaules en marchant afin d'attirer l'attention sur eux. Pendant ce temps, Tirya et Hermès s'activaient au milieu des servantes et des serviteurs, arrosant d'huile les bœufs et les sangliers qui rôtissaient, surveillant la cuisson de la soupe à l'ortie dans de grands chaudrons, l'épaississant avec des choux et des lentilles, préparant la bouillie d'orge et la farine de froment. Après quoi il fallait apporter les jambons, les salaisons, le lard fumé et les cornes de bronze dans lesquelles on verserait le vin, l'hydromel ou le corma.

Et en plus de tout cela cuire les pains au four et choisir les fromages sur les grands égouttoirs...

Quand vint le moment du repas, les aliments furent disposés sur les tables dans des plats en bronze, en bois et en osier tressé, et les tonneaux furent mis en perce. Un nommé Gobanno, qui l'emportait sur les autres par la gloire au combat, s'assit le premier. Le roi Imerix se plaça à sa droite, Comanos à sa gauche, puis les autres se répartirent de chaque côté avec leurs familles selon leur rang. Les porteurs de lances et de boucliers s'installèrent derrière eux, sur des nattes ou à même le sol. Les enfants, eux, se regroupèrent à l'écart, prêts à profiter au maximum d'une journée sans parents. Quand tous furent installés, Imerix se leva. Sa voix forte couvrit le brouhaha des discussions.

— Hermès, laisse ta cruche et viens t'asseoir parmi nous !

La stupeur ! Les bouches restèrent ouvertes sur des phrases inachevées.

— C'est un esclave ! protesta Comanos, outré.

— Cet esclave a sauvé un enfant de mon village, annonça Imerix. Je lui accorde le droit de vivre la journée d'un homme libre.

Les Celtes opinèrent à cette décision qui leur parut juste.

— Approche ! répéta Imerix. Trouve-toi une place dans le cercle !

Hermès tendit la main vers Tirya. Comme les invités étaient là avec leurs familles, il pensait partager cet honneur avec son amie. Tirya marcha vers lui, prit sa main...

— Pas de ça, l'Égyptienne ! cria Gyptis d'une voix aigre.

Elle s'était levée, le doigt pointé sur la jeune fille. Elle assena :

— Toi, tu sers !

— Vieille truie ! grinça Tirya entre ses dents.

Elle lâcha Hermès, le regarda prendre place entre un vieux aux cheveux blancs et un gros rougeaud puis, furieuse, elle retourna remplir les coupes au tonneau d'hydromel.

— Les esclaves sont ainsi faits, commenta Comanos, le roi des Ligures. On leur propose la main, ils cherchent à s'emparer du bras. Ton Hermès a cependant bon goût, ajouta-t-il à l'adresse d'Imerix : l'Égyptienne est jolie.

Un grand « Haaaa ! » courut soudain sur toutes les lèvres. Massalia apparut, flanquée de sa mère et de ses suivantes. Par contraste avec les habits bariolés des autres femmes, elle avait choisi un drapé uni, sans manches, agrafé à l'épaule au moyen d'une fibule, et serré à la taille par une large ceinture. Le vert cru du vêtement mettait en valeur ses cheveux de feu maintenus par un diadème d'argent. Un collier de perles, des bracelets et des cercles de jambes soulignaient la finesse de son cou, de ses poignets et de ses chevilles. Elle salua l'assistance d'un gracieux mouvement de la tête et alla s'installer à côté de son père, à un emplacement qui lui avait été réservé. Un siège vide béait à sa gauche : c'est là que viendrait s'asseoir son époux.

Le druide découpa un morceau de sanglier et commença à manger le premier. Imerix fit de même après lui. Gobanno voulut se servir ensuite mais Comanos lui lança un défi.

— Celui qui mange après le roi doit être le plus fort ! brailla-t-il. Tu as fait ton temps, Gobanno !

Gobanno planta son couteau sur la table.

— Mets ta main sur la viande avant moi, et je te la perce de ma lame !

— C'est ton arme qui parle pour toi, releva le roi des Ligures. Mais que vaux-tu à mains nues ?

L'homme poussa un rugissement de colère, sauta par-dessus la table et se campa au centre du cercle, appelant le Ligure par des gestes. Comanos prit le temps de retirer son sagon et de faire le tour des tables, laissant l'autre s'essouffler en grognements et en simulacres d'assauts. Gobanno se rua sur lui dès qu'il entra dans le cercle. Ils s'empoignèrent et roulèrent sur le sol. La lutte se poursuivit un moment sans qu'aucun ne prenne l'avantage : ils formaient une espèce de crabe à deux têtes, un bras autour du cou, une main agrippée à une cheville.

— La viande refroidit ! Qu'on leur lance une hache et qu'ils en finissent ! plaisanta quelqu'un.

Les éclats de rire redoublèrent la fureur des combattants. Gobanno soufflait comme un taureau. Il rassembla ses forces, réussit à se redresser et à soulever son adversaire à bout de bras. Mais alors qu'il pliait le genou pour lui écraser le dos sur sa cuisse, Comanos referma ses jambes en étau autour de son cou. Déséquilibré, Gobanno tomba sur le ventre. Le Ligure lui plaqua le visage dans l'herbe et pesa de tout son poids sur sa tête pour l'étouffer. Gobanno se débattit mais, la bouche emplie de terre et d'herbe, il finit par lever un bras pour signaler qu'il abandonnait.

— Tu es sans doute un grand guerrier, admit Comanos, mais évite de descendre de ton char pour affronter l'ennemi au corps à corps.

Le vainqueur fit le tour du cercle en recueillant les acclamations, marquant un léger arrêt devant Massalia pour gagner sa faveur. Celle-ci le gratifia d'un sourire, puis elle héla Tirya.

— Tu traînes ! Au lieu de couver ton ami des yeux, tu ferais mieux de t'empresser auprès de nous. Apporte du pain et du miel ! Et n'oublie pas les porteurs de lances et les enfants qui ont faim !

— Je ne suis pas la seule à courir du four à vos bouches, se défendit Tirya. On s'occupe déjà des hommes d'armes. Quant aux mioches, ils ne tiennent pas en place et viennent tremper leurs doigts dans...

— Tiens ta langue ! glapit Gyptis. Ou c'est ta tête que je trempe dans un baquet de sel.

— La fille a de l'allant ! s'esclaffa Comanos en regagnant sa place. Combien l'as-tu payée ?

— Trop cher ! siffla la vieille femme.

— C'est que tu as acheté sa langue avec elle. Les muettes se vendent à moindre prix.

Il se coupa une tranche de viande, y mordit, puis fit signe à Gobanno, dépité, de se servir à son tour. D'autres se lancèrent des défis pour animer le festin, mais bientôt ce ne furent plus que de pesantes mastications agrémentées de discussions, de vantardises et d'éclats de rire tonitruants. La boisson aidant, certains propos s'envenimèrent, et plusieurs hommes en vinrent aux mains. Imerix se leva alors et haussa le ton.

— Paix vous tous ! Laissons reposer nos bouches !

Que ceux qui le désirent s'affrontent, mais en jeux d'adresse !

Hermès suivit d'un œil morne les jongleurs de cerceaux d'osier et de poignards. Il voyait Tirya courir d'une table à l'autre, portant ses cruches et ses corbeilles. Il avait hâte que le mariage s'accomplisse pour pouvoir se lever de table. Tant qu'il était rivé sur son banc, il lui était impossible de s'éclipser avec son amie. Une grande claque dans le dos lui fit cracher sa bouchée.

— Montre-nous bonne figure ! s'écria le gros rougeaud en tendant sa corne pour trinquer. Demain tu seras de nouveau au vinaigre !

Hermès entrechoqua sa corne contre la sienne et but son vin. Le druide quitta brusquement la table, provoquant un frémissement parmi les gens. Les prétendants qui rivalisaient d'adresse devant Massalia regagnèrent leur place. Ils se tortillaient sur leur siège, poussaient des rires nerveux et ne quittaient plus la belle des yeux. Quand le druide revint, une coupe et un torque en or dans les mains, un silence de plomb écrasa l'assemblée. On n'entendait plus que le gazouillis des jeunes enfants que la cérémonie laissait indifférents. Massalia rejoignit le druide à l'intérieur du cercle des tables.

— Cette coupe est pleine d'une eau puisée à la source sacrée, dit l'homme en la présentant à bout de bras. Nul ne pourra refuser d'y tremper ses lèvres sans se rendre sacrilège, et seul son sang lavera alors l'affront !

Comanos poussa Gobanno du coude.

— Qui serait assez stupide pour renoncer à devenir l'héritier d'un roi ? murmura-t-il à l'oreille de son compagnon.

— Prends cette coupe, Massalia ! Et bois !

La jeune femme avala une gorgée.

— Maintenant offre-la à celui que tu as choisi ! ordonna le druide.

Comanos se barda d'un large sourire comme le regard de Massalia se posait sur lui. Mais les yeux de la princesse glissèrent, sautèrent de l'un à l'autre et s'arrêtèrent en bout de table, près du passage des serviteurs. Massalia avança, tendit la coupe à Hermès.

— C'est toi que je veux pour époux ! décréta-t-elle.

Un hoquet de stupeur secoua les tablées, comme si le ciel leur était tombé sur la tête.

— Massalia, ce n'est pas un jeu ! l'avertit son père.

— Bois ! répéta la jeune femme, ou c'est ton sang qui remplira cette coupe !

Hermès n'osait plus respirer. Où était Tirya ?

— *Genata imi daga uimpi !* s'impatienta la belle.

De colère, elle avait jeté sa phrase en dialecte celte. Elle reprit en grec, la langue que l'on parlait désormais dans toute la région :

— Je suis une jeune fille bonne et belle !

Comme Hermès ne bougeait toujours pas, quelques lames chuintèrent en sortant des fourreaux. « Bois ! commanda une voix dans le crâne du jeune Grec. Reste en vie ! Ta dépouille sera inutile à Tirya. » Comme dans un rêve, il se leva, saisit la coupe et la porta à ses lèvres. Il déglutit bruyamment, scellant son destin par une goulée qui lui enflamma la gorge. Massalia reprit la coupe et la vida sur le sol, signifiant que sa décision était irrévocable.

— Qu'il en soit ainsi ! conclut Imerix.

L'assistance acclama le marié alors qu'il rejoignait son épouse à l'intérieur du cercle. Les prétendants faisaient grise mine. Comanos eut un accès de fureur.

— Un esclave ! gronda-t-il. Elle nous a préféré un esclave, à nous qui sommes des rois et des fils de rois ! C'est une insulte !

— En devenant le gendre d'Imerix, Hermès vient de perdre ses chaînes, annonça le druide en passant le torque d'or autour du cou du jeune homme.

— Et quiconque mettra en doute sa légitimité à me succéder un jour dressera tous les Salyens contre lui ! menaça le roi.

Massalia se suspendit au bras d'Hermès et le conduisit à sa nouvelle place, près de son père.

— La scène est touchante mais je perds un esclave, se plaignit Gyptis. C'est comme si j'avais jeté mes oboles au vent.

— Je t'offre trois chèvres en échange, chanta Massalia.

— Trois chèvres pour un futur roi ? piailla la vieille femme, indignée. Ajoute au moins une belle tunique et une saie de laine noire !

Tirya était atterrée. La cruche en céramique lui avait échappé des mains lorsque Hermès avait bu l'eau de la coupe, et le vin lui avait éclaboussé les jambes. « Ce n'est pas possible, se dit-elle avec l'impression de suffoquer. Cette fille nous a tendu un piège. Elle n'a que faire d'Hermès. Elle ne l'a choisi que pour me le voler. Elle ne va quand même pas lier sa vie à la sienne ! » Elle se rappela soudain les paroles du druide après que le taureau eut épargné son ami. « Alors c'était cela l'avenir d'Hermès, comprit-elle, effondrée. Nous avons cru tous les deux qu'il allait devenir Pharaon, mais non ! Ses plus hautes fonctions vont être de diriger les habitants des Mayans. Un chef de village que l'on viendra consulter pour résoudre un litige à propos de deux vaches ! Et encore, c'est l'affaire des druides ! C'est cette prédiction qui a déterminé le choix de Massalia. » Tirya se prit la tête à deux mains, refusant d'admettre l'implacable fatalité. « Et moi dans tout cela ? Vais-je finir racornie dans la peau d'une esclave ? »

— Tirya !

L'appel fut relancé deux fois avant que la jeune fille n'en prît vraiment conscience. C'était la voix de Massalia ! Une servante secoua l'Égyptienne.

— Les nouveaux époux réclament de l'hydromel. Et Massalia exige que ce soit toi qui le leur apportes.

— Ah, ils réclament ! fulmina Tirya. Eh bien ils vont être servis !

La servante la retint par le bras.

— Prends garde à toi ! Ne commets pas l'irréparable !

— Je n'ai plus rien à perdre !

Tirya alla remplir une grande cruche au tonneau et marcha d'un pas cadencé vers la table. Massalia la reçut avec un sourire de triomphe.

— Tu ne me félicites pas ? demanda-t-elle en tendant sa corne de bronze.

Le jeune Grec fixa intensément son amie. Tirya ancra ses yeux dans ceux d'Hermès.

— Qu'as-tu à me dire ? grommela-t-elle, ignorant la remarque de Massalia.

« M'opposer à la fille du roi, c'était exposer ma vie, pensa-t-il très fort. Je trouverai le moyen de m'enfuir avec toi. Pour l'instant obéis à cette lionne ! Il faut endormir sa méfiance. »

— Tu le sais, répondit-il d'un ton grave. J'ai été le jouet des dieux.

— Si l'esclave égyptienne te plaît tant, tu peux la prendre à ton service, suggéra Imerix d'un air entendu. Gyptis te la cédera contre...

— Sûrement pas ! se récria Massalia.

Ses mots avaient claqué tel un coup de fouet. Elle foudroya Tirya du regard.

— Mon époux et moi allons boire chacun la moitié du contenu de cette corne. Alors verses-y l'hydromel, et garde le fiel pour toi !

Tirya retourna la cruche, vidant le liquide sur la table. L'hydromel gicla sur les vêtements.

— Ta corne n'est pas assez grande pour contenir tout le mal que tu viens de me faire ! assena la jeune Égyptienne.

Hermès ferma les yeux. Tirya venait d'entrer en lutte ouverte avec Massalia. Aux cris succéda la colère. Des hommes se levèrent pour frapper l'insolente.

— Non ! hurla Hermès. Personne ne touchera à mon amie. S'il en est un seul qui veut porter la main sur elle, qu'il vienne d'abord se frotter à moi !

— C'est un futur roi qui parle ! l'appuya Gyptis. Les dieux ne vous pardonneraient pas de faire couler son sang. Et ne malmenez pas non plus la fille !

Vous n'avez pas à vous dresser contre la volonté de l'élu de Belenos !

Comanos maugréa dans sa barbe. La main sur la poignée de son épée, il s'apprêtait déjà à relever le défi d'Hermès. Celui-ci adressa un signe de tête à la princesse ségobrige pour la remercier de son intervention.

— Ne te leurre pas, je n'ai fait que protéger ce qui m'appartient. J'aurais défendu mes chèvres de la même façon.

— Disparais de ma vue ! gronda Massalia en soutenant le regard de Tirya. Je ne veux plus te sentir autour de nous.

La jeune fille haussa les épaules et s'éloigna en se déhanchant, captant toute l'attention. Hermès aurait pu la rappeler mais il avait compris, et accepté, que Tirya et lui n'arriveraient à rien s'ils s'opposaient violemment à Massalia, et à travers elle aux Salyens des Mayans. « Quand tous seront calmés, je me débrouillerai pour ramener Tirya auprès de moi. À ce moment-là, nous mettrons au point une stratégie pour nous enfuir. »

À la sortie du bourg, Tirya se dirigea vers un foirail, puis elle s'affala contre un poteau qui servait d'attache pour les chevaux et les mules. Passé l'instant d'abattement, elle songea à se lever et à se sauver dans la forêt toute proche. Que lui importait à présent de vivre dans un terrier, à se cacher des bêtes sauvages ? Elle aurait bien à se cacher des hommes, et ceux-ci lui paraissaient autrement plus redoutables. Elle perçut un craquement derrière elle, se retourna. Erianos l'avait suivie.

— Ah ! s'exclama-t-elle, la vieille a peur de me perdre !

Il ne répondit pas et resta à l'écart. La jeune fille lui sut gré de respecter sa solitude.

— Tu aurais dû enlever Gyptis et l'épouser avant qu'elle ne rencontre Prôtis, lui lança-t-elle. Elle serait peut-être devenue moins acariâtre.

L'homme s'assit sur les talons, prit de la terre dans sa main et la laissa filer entre ses doigts. Tirya renversa sa tête en arrière, inspira à longs traits et pensa à son ami. « Je me moque des jours que tu vas passer auprès de Massalia. Je sais que c'est moi que tu aimes. Nous nous retrouverons, Hermès, je ne sais pas comment, mais nous serons à nouveau réunis. »

Le festin et les jeux se poursuivirent jusque tard dans l'après-midi. Un bruit de sabots et de roues monta soudain du village. Des chars se répandirent sur le foirail, puis une foule s'amassa sur un côté. Après le banquet, certains avaient décidé de s'affronter dans des courses. Tirya reconnut Hermès au milieu des roitelets. Quand Massalia aperçut la jeune Égyptienne assise au bout de la piste, elle s'accrocha au bras de son époux et se serra à l'excès contre lui. « Tu le connais mal si tu crois l'apprivoiser ainsi, se dit Tirya. Il fait patte de velours pour étudier tes failles. Il ne sera pas long à sortir ses griffes pour écarter ceux qui se dressent entre lui et moi. Hermès a mis le feu à Babylone sous le nez de Nabuchodonosor, alors Les Mayans... »

Les concurrents se rangèrent sur la ligne de départ. Au signal d'Imerix, ils fouettèrent leurs chevaux, et les chars de bois s'élancèrent dans un grondement qui fit trembler le sol. Un peu avant d'atteindre l'endroit où se tenait Tirya, ils décrivirent un arc de cercle dans un tourbillon de poussière et repartirent en sens inverse. Tirya se désintéressa du spectacle. Elle entendit les hurlements de joie mêlés aux ululements de déception des parieurs, puis d'autres chars s'alignèrent en bordure du terrain. Comanos et ses porteurs de lances et de boucliers montèrent à cheval, retardant le départ de la deuxième course. « Il quitte les lieux, remarqua Tirya. Je le comprends. Massalia lui a fait subir un affront sévère en lui préférant Hermès. Il doit bouillir autant que moi. » Suivi par ses hommes, Comanos longea le foirail. Soudain il éperonna sa monture et fonça droit sur Tirya. Elle eut un haut-le-corps.

— Qu'est-ce qu'il... ?

Elle se leva, se mit à courir pour lui échapper. Il l'attrapa en pleine fuite, la souleva et la coucha sur l'encolure de sa bête. Alors il fit volte-face.

— Tu m'as pris ma promise ! hurla-t-il à Hermès. Je te prends la tienne !

Il piqua sa bête au galop. Ses cavaliers sur les talons, il se précipita vers la forêt, au nord, en direction de Roc-Perthus.

— Il faut les rattraper ! cria Hermès qui sauta sur un char, arracha les rênes au cocher, empoigna le fouet et le fit claquer à l'oreille des chevaux. L'attelage s'ébranla mais s'arrêta bientôt, une barrière d'hommes brutalement dressée devant lui.

— Depuis quand un ancien esclave sait-il conduire un char ? demanda Imerix.

— Tu serais surpris si je te révélais le nombre de

batailles auxquelles j'ai participé. Fais reculer tes hommes !

— Descends de là ! Je ne vais pas déclencher une guerre avec les Ligures pour une simple esclave.

— Tirya est la fille de Pharaon ! s'indigna Hermès à qui le cocher venait de reprendre les rênes.

— C'est dire l'argent que je perds ! glapit la vieille Gyptis.

Imerix regarda son gendre comme s'il venait de perdre l'esprit. Fille de Pharaon !

— L'enlèvement de ton amie est une chose terrible, concéda Massalia avec un sourire de lionne, mais un futur roi oublie vite ses liens avec une esclave.

— Jamais ! s'insurgea Hermès. Je me suis juré de ne jamais abandonner Tirya !

— C'était avant de me connaître, gloussa la belle princesse en arborant une mine espiègle.

14

ROC-PERTHUS

Le soleil frôlait la mer lorsque les cavaliers atteignirent Roc-Perthus, perché sur un contrefort de colline. Ils empruntèrent un raidillon qui tournait parmi les rocs et les racines, et parvinrent à l'épaulement. Un sanctuaire dédié à quelque sombre divinité était érigé sur un ensemble de deux terrasses. Tirya ne put retenir un frisson en passant devant lui : les piliers qui soutenaient le portique étaient creusés de niches dans lesquelles étaient exposés des crânes humains. Les rayons du soir les coloraient d'or sang, faisant ressortir les trous noirs des orbites. La jeune fille avala sa salive en constatant qu'il restait des alvéoles vides dans les colonnes.

Roc-Perthus ne comportait pas de fortifications comme Les Mayans. Seule une palissade enserrait la bourgade afin d'empêcher les troupeaux de se répandre entre les maisons. Comanos conduisit son petit groupe jusque devant sa demeure, en tous points semblables aux habitations salyennes. Il trancha les liens qu'il avait passés à Tirya, la fit glisser à terre, sauta de sa monture, saisit la jeune fille par le bras et la traîna à l'intérieur de sa maison. Il la jeta sur une peau de bouc, se laissa tomber sur un siège en cuir et grogna :

— Reste à mes pieds ! Ne te relève pas !

Tirya demeura prostrée sur le sol, les yeux baissés. Elle n'avait plus envie de lutter.

— Tu fais moins la fière à présent !

Comanos claqua dans ses doigts. Une servante apparut de derrière une tenture avec une corne à boire et une cruche de vin.

— La chevauchée m'a donné soif !

Il but à bonnes gorgées, vida la corne, se la fit emplir à nouveau.

— Je pensais vous voir revenir avec Massalia, dit la servante. Qui est cette... ?

— Trêve de questions, femme ! J'ai besoin de silence ! martela le roi avec un grand geste pour la chasser.

— Je lui apporte de l'eau ? demanda la servante, prête à se retirer.

— Non ! Si cette caillette se lave de la poussière qu'elle a avalée, elle va se montrer encore plus jacasse que toi. Et elle sait tremper ses mots dans l'acide.

L'homme but le vin jusqu'à la dernière goutte et rendit la corne à la servante qui s'empressa de disparaître. Il resta un long moment sans prononcer une parole, les jambes tendues, le menton calé sur son poing, les yeux fixés droit devant lui. Tirya ramena ses jambes contre sa poitrine et les enserra de ses bras. Elle était dans le champ de vision de Comanos, mais le regard du Ligure la traversait comme si elle n'avait été que de la fumée. « Tu rumines ta déconfiture tout comme moi je mâche ma colère, songea-t-elle. Et m'avoir enlevée n'atténue en rien ton ressentiment. »

— Tu dois maudire la Salyenne au moins autant que moi, grommela-t-il enfin.

— Vous l'aimiez ?

— Ne sois pas stupide ! En l'épousant, je scellais l'alliance entre les Ligures et les Salyens, et je devenais le roi le plus puissant autour de Phocée. Mais je trouverai d'autres appuis : chez les Celtes d'Entremont, de l'Arquet, du Bayou ou d'ailleurs.

— Être le roi de Roc-Perthus ne vous suffit donc pas ?

— Roc-Perthus est un nid d'aigle, répondit Comanos. Et ce ne sont pas les quelques villages alentour dépendant de mon autorité qui font de moi un grand roi.

— Alors que si vous vous emparez de Phocée et de ses richesses...

L'homme appuya son regard sur Tirya.

— Tu es très perspicace pour une esclave.

Tirya choisit de taire ses origines.

— Je ne sais pas quoi faire de toi, déclara le roi en se levant. J'ai suffisamment de serviteurs et je ne veux pas m'encombrer d'une bouche inutile. Mais la nuit tombe, je statuerai sur ton sort demain.

Il appela un garde, lui désigna la prisonnière.

— Remets-la à ma mère ! Qu'elle l'enferme quelque part, près de ses servantes ! Si elle ne voit pas l'utilité de cette fille, dis-lui que je l'offrirai aux dieux à la fête de Samain[1] pour apaiser l'esprit des morts.

L'homme mena Tirya dans une autre maison. La

1. La nuit du 31 octobre au 1er novembre marque le début de l'année nouvelle.

mère de Comanos étudia la jeune fille, la força à ouvrir la bouche pour examiner ses dents, et conclut :

— Mon âne est vieux. Tu le remplaceras. Dès l'aube, tu iras avec les bûcherons dans la forêt et tu rapporteras un fagot de bois. Quel est ton nom ?

— Tirya !

— Eh bien, Tirya, suis Mangala qui dirige mes servantes, et obéis-lui en tout.

Elle frappa dans ses mains. Une vieille femme se présenta aussitôt. Elle était aussi jaune qu'un papyrus, sèche et tordue comme un pied de vigne, et déplut tout de suite à Tirya. Mangala fit signe à la jeune fille de lui emboîter le pas. Elles traversèrent une longue pièce qui sentait la suie et la graisse, et qui servait à la fois d'entrepôt à grains, d'atelier à tisser et de salle à manger. Un homme et deux femmes terminaient de la nettoyer.

— Cette esclave va travailler avec vous, annonça Mangala. Ne lui épargnez pas sa peine ! Trouve-toi une cruche d'eau, un quignon de pain et une croûte de fromage ! dit-elle à Tirya. Et prends cette lampe à huile !

La vieille femme conduisit ensuite Tirya dans une pièce minuscule, une sorte de débarras où l'on remisait des vases, des paniers et où l'on faisait sécher les plantes.

— Tu dormiras ici cette nuit. Il est trop tard pour t'aménager une place avec les autres servantes. Évite de renverser ta lampe, tu serais la première à griller ! Et ne fais pas de bruit ! Je loge juste à côté et j'ai l'ouïe fine.

Elle poussa Tirya dans le réduit, ferma la porte et

la barra derrière elle. La jeune fille s'assit sur une vilaine natte en roseaux et commença à grignoter son pain et son fromage. Elle pensa à Hermès. Le visage de Massalia vint immédiatement se substituer à celui de son ami. Tirya serra ses poings contre ses tempes pour chasser la vision.

— C'est contre son gré ! C'est contre son gré ! répéta-t-elle à haute voix pour se convaincre qu'Hermès lui restait fidèle par l'esprit.

Elle se mit à osciller d'avant en arrière en fredonnant une chanson de son enfance, espérant s'assoupir à travers ce bourdonnement. Trois coups violents furent frappés contre la cloison. Mangala lui intimait l'ordre de faire silence. Tirya poussa un profond soupir. Elle souleva sa lampe, la promena autour d'elle en déplaçant les ombres. Plusieurs pots l'intriguèrent. Elle retira les bouchons, découvrit une pâte dure indigo tirée des feuilles et de la tige du pastel. Elle versa un peu d'eau par-dessus pour l'amollir, trempa son doigt et le retira aussi bleu que la nuit. « C'est ce qu'ils utilisent pour leurs tatouages, » comprit-elle.

Et soudain une idée aussi fulgurante qu'un éclair de Seth, le dieu de l'orage, lui traversa l'esprit ! Tirya retira sa jupe, ne gardant que sa courte tunique. À l'aide de ses dents, elle cisailla les coutures, entama le tissu et déchira le vêtement en bandelettes. Puis elle mélangea l'eau de la cruche avec la pâte, quitta sa tunique et la teignit entièrement. Après quoi elle s'enduisit les bras, les jambes et le visage, et se rhabilla. Elle étouffa alors la flamme de sa lampe et se mit à pousser des petits gémissements. La réaction de Mangala ne se fit pas attendre : elle cogna contre la paroi. Comme Tirya ne cessait pas, la vieille femme grinça :

— Si tu réveilles ma maîtresse, je te tanne le dos à coups de badine.

Tirya insista. Elle se lamenta d'une voix plaintive, geignit en proférant des sons inarticulés. « Elle arrive, » se dit-elle en entendant des pas précipités. La bâcle fut retirée, la porte s'ouvrit, la vieille entra. Mangala n'entrevit qu'une ombre dressée devant elle.

— Que... ?

Tirya abattit le pot sur le crâne de la vieille femme, l'assommant net. Elle la retint de tomber, la coucha sur le sol, la bâillonna avec les lambeaux de sa jupe, lui entrava les mains et les pieds, ramassa sa baguette, sortit et referma la porte. Elle se retrouva dans la grande pièce, avança sur la pointe des pieds, heurta une meule à grains, s'arrêta pour écouter. Elle ne nota aucun changement dans les ronflements qui lui parvenaient de derrière une tenture de peau. Tirya reprit sa progression dans la pénombre, tâtonnant devant elle pour ne rien renverser. Elle atteignit la porte d'entrée, l'ouvrit et se glissa à l'extérieur. « Ils ne trouveront pas la vieille avant le matin. Ça me laisse le temps de descendre dans la plaine et de m'enfoncer dans la forêt. » La jeune fille se faufila entre les maisons. Elle sursauta quand une sentinelle lança son appel, mais se rassura quand une autre lui répondit. « Les gardes ne peuvent pas me voir, teinte en bleu, je me fonds dans la nuit. » Elle s'approcha de la palissade qui marquait la limite du village. La sentinelle était près de la porte, son casque cueillant les reflets de la lune. Tirya s'allongea sur le sol et entreprit de creuser sous les rondins, tel un renard cherchant à s'introduire dans un poulailler. La respiration hachée, les bras rompus à force de piocher la terre avec les mains et de la ramener sur les côtés, elle finit par se frayer un passage suffisamment grand pour s'y engager. Dès qu'elle parvint de l'autre côté, elle rampa vers les buissons, puis elle se hâta de rejoindre le sentier qui tortillait entre les rocailles.

Tirya se retourna une seule fois dans la descente. Roc-Perthus ne se devinait dans la masse des collines que par les lueurs de la forge qu'on ne laissait jamais s'éteindre. Elle se dirigea vers le sud, se demandant comment allait réagir Comanos à l'annonce de sa fuite. « Il va me pourchasser, craignait Tirya. Rien que parce qu'il ne peut tolérer un acte de désobéissance ! » Où se réfugier ? Aux Mayans ? À Phocée ? Dans la forêt ? « Aux Mayans ! décida la jeune Égyptienne. Parce que c'est plus près[2] et que j'ai une chance d'y arriver ! Et surtout parce qu'Hermès s'y trouve ! » Ce qui se passerait après, elle ne voulait pas y penser.

Un grognement la figea tout à coup. Une ombre inquiétante lui barrait le chemin. Deux yeux jaunes fendus en amande la fixaient intensément alors que roulait à nouveau un rauquement de fond de gorge. « Un loup ! s'effraya Tirya. Il vient rôder autour des troupeaux. » La peur au ventre, elle essaya de le contourner mais, crocs découverts, la gueule tendue vers la jeune fille, l'animal relança son grondement. Tirya eut alors la présence d'esprit d'agiter la badine

2. Une vingtaine de kilomètres sépare Les Mayans de Roc-Perthus.

à coups secs et rapides. Le sifflement surprit le loup. Il cessa de grogner, pencha la tête à droite, à gauche, pour tâcher de découvrir la nature de ce bruit insolite. Puis il recommença à gronder. « Ça ne l'impressionne pas ! Plus qu'une seule chose à faire ! » Elle abattit la flagelle sur la bête qui fit un bond de côté en poussant un couinement de douleur. Le loup tourna autour de Tirya, mais la baguette fouettait l'air à grands moulinets. Il finit par abandonner et se tint à distance. Tirya reprit sa marche d'un pas vif, évitant cependant de courir.

Au bout d'un moment, elle atteignit la forêt. Le chemin qu'avaient emprunté ses ravisseurs plongeait au cœur des ténèbres. Tirya n'hésita pas : elle s'enhardit au milieu des monstrueuses silhouettes d'arbres. Des bras griffus pointaient vers la lune, des corps tordus se penchaient en avant, et les feuilles émettaient une étrange lamentation. Les troncs craquaient dans leur écorce, comme s'ils voulaient la faire éclater ; des crépitements animaient les broussailles, ponctuant les attaques et les fuites. La forêt chassait. Soudain un râle abominable déchira la nuit. Tirya eut l'impression d'être observée. Homme ou bête ? Elle se colla contre un tronc, étudia les ombres autour d'elle. Elle perçut le bruit de bonds souples, puis le silence la glaça. Un silence épais, anormal. À force de scruter l'obscurité, la jeune fille finit par distinguer des points lumineux qui avançaient, semblables à des lucioles de feu. Son cœur s'emballa, l'air vint presque à lui manquer.

— La meute ! bredouilla-t-elle. Le loup a rabattu sa meute sur moi. Je ne dois pas me laisser encercler.

La jeune fille repartit sur le sentier, faisant tournoyer sa badine, mais elle ne brassa que le vide. Deux rangs d'yeux la suivaient sur les flancs. Elle songea à se réfugier dans un arbre, mais elle connaissait la patience des prédateurs : ceux-ci la bloqueraient sur son perchoir jusqu'à l'aube, et Comanos n'aurait plus alors qu'à tendre le bras pour s'emparer d'elle. Une bête sauta sur le chemin, devant elle. Tirya cria pour la faire fuir. Le loup ne bougea pas. Campé sur ses pattes, le poil hérissé, les oreilles et la queue dressées, il défiait sa proie en grondant. Tirya fit mine de le charger. Elle hurla tant qu'elle put en brandissant sa baguette. Le loup recula mais il ne perdit rien de son attitude. Un autre bondit sur le sentier, derrière elle. Un grognement s'éleva sur sa droite, puis sur sa gauche. Des ombres sortirent de la futaie et se répandirent sur le chemin à peine éclairé par la lune. « Ils m'ont enfermée dans leur anneau, paniqua Tirya. Je suis perdue. » Elle poussa alors un hurlement de désespoir, une longue plainte effrayante pareille au sanglot vibrant d'une bête qu'on égorge.

15

LE CHEMIN DE LUNE

Le cri de Tirya revint en écho. Un écho amplifié, porté par deux voix et appuyé par un bruit de sabots. Lancé à plein galop, un cheval fit éclater le cercle des loups. Erianos arrêta sa monture, sauta au sol et, dégainant sa lourde épée de bronze, il tint les bêtes à distance pendant qu'Hermès se précipitait vers Tirya. Les deux jeunes gens s'étreignirent. Tirya s'accrocha au cou de son ami et l'embrassa à l'étouffer.

— Hermès ! Hermès ! répéta-t-elle, doutant encore de sa réalité. Je te croyais dans les bras de Massalia.

— Massalia devra se contenter du clair de lune, répondit Hermès. Avec l'aide d'Erianos, je me suis enfui des Mayans dès la nuit tombée.

— Vous êtes venus tous les deux pour me délivrer ? Seuls contre les Ligures de Roc-Perthus ?

— Je serais allé au bout du monde pour te retrouver. Mais toi, comment es-tu là ? Et pourquoi t'être enduite de bleu ?

— Plus tard les explications ! les interrompit Erianos. Il faut déguerpir d'ici en vitesse !

Ils installèrent Tirya sur le cheval. Courant à ses côtés, la main sur la bride, Hermès et le vieux

Ségobrige gardaient un œil sur la meute qui suivait à longues foulées.

— Je suis très touchée que tu aies accompagné Hermès, Erianos, dit Tirya.

— Ne te méprends pas sur mes intentions, grommela l'homme. Gyptis m'a simplement demandé de récupérer son bien.

Les loups relancèrent une attaque. Ils dépassèrent le groupe, l'enserrèrent et tentèrent de mordre le cheval au ventre et aux jambes. L'animal hennit et rua, manquant verser Tirya. Un sabot claqua sur une gueule. Un loup tomba en gémissant. Les épées en percèrent deux ou trois. Le chef de la meute cessa de courir, les loups se retournèrent contre leurs congénères blessés et se mirent à les dévorer à belles dents.

Hermès, Erianos et Tirya s'accordèrent une courte pause un peu plus tard. Ils quittèrent le sentier pour aller se reposer derrière un massif d'épineux. Erianos grimpa dans un arbre pour surveiller le chemin. Assis sur une souche, les deux jeunes gens étaient appuyés épaule contre épaule.

— Il ne faut pas rentrer aux Mayans, murmura Tirya après lui avoir conté son évasion.

— C'est aussi mon avis. Bien que gendre du roi, j'y suis prisonnier. Erianos veut te ramener à Gyptis. C'est encore à Phocée que nous serons le plus en sécurité.

— Je ne crois pas. Imerix et ses guerriers viendront t'y rechercher. Tu es marié à sa fille, ne l'oublie pas.

Et Tirya ajouta un ton plus bas encore :

— Nous devons fausser compagnie à Erianos,

gagner la mer et trouver un bateau en partance pour l'Égypte.

— Quel capitaine voudra nous embarquer ? Je ne tiens pas à ramer des jours durant pour finir par échouer chez les Ibères ou à Carthage.

La réponse stupéfia Tirya.

— Tu ne veux plus rentrer à Saïs avec moi ?

— Bien sûr que si, mais les Salyens et les Ligures vont surveiller la côte. Je pensais que nous pourrions fuir par l'Étrurie. Personne n'aura l'idée de conduire les recherches dans cette direction. Le roi de Rome nous connaît. Il organisera notre retour.

— Vous ne vous enfuirez ni par la mer ni par la terre ni sur le dos des oies sauvages, avertit Erianos surgissant d'un taillis. Je vous remmène tous les deux aux Mayans. Gyptis et Massalia vous y attendent.

— Je te croyais sur ton arbre à protéger nos arrières, s'étonna Hermès.

— Je ne tiens pas non plus à vous perdre par l'avant. Je vais vous attacher à la queue du cheval et nous allons trotter un peu.

Hermès se leva et tira l'épée de son fourreau.

— Je t'ordonne de nous laisser partir !

Erianos éclata d'un gros rire.

— Depuis quand un Ségobrige doit-il obéissance à un Salyen, qui plus est de fraîche date ?

Hermès pointa sa lame sous le menton du bonhomme. Ce dernier recula d'un pas et dégaina son arme. Les épées s'entrechoquèrent. Hermès et Erianos jaugèrent leurs forces réciproques par quelques coups frappés de taille.

— Je sais manier une arme, déclara Erianos. Tu

ferais bien de lâcher la tienne avant que je ne te tue.

— Tu te bats pour obéir à un ordre, moi pour ma liberté !

Hermès abattit son arme avec force, des deux mains, comme pour fendre une bûche. Erianos para l'attaque. Le choc les ébranla jusqu'à l'épaule. Lames croisées, front à front, ils essayèrent de se repousser. Le Ségobrige bascula tout à coup en arrière et tomba sur le dos : Tirya venait de lui plonger dans les jambes. Hermès posa son pied sur l'épée du vieil homme et appuya la pointe de la sienne sur sa gorge.

— Je t'ai vaincu, dit-il. Dois-je t'assommer pour que tu nous laisses enfin partir ?

— Tu ne t'es pas battu loyalement.

— L'enjeu est trop important pour le confier au seul sort des armes.

— Tu as raison ! lança une voix. Aussi tu ne m'en voudras pas si je l'emporte sur vous à trois contre un !

Tirya et Hermès se retournèrent. D'où avait surgi la voix de Massalia ? Ils ne virent d'abord qu'une rangée d'arbres noirs. Puis les silhouettes bougèrent, avancèrent, devinrent des guerriers bleus. Résister s'avérait inutile. Hermès lâcha son arme.

— Tu n'as pas pu t'empêcher d'aller reprendre l'Égyptienne, cracha Massalia.

Elle avait revêtu sa tenue de guerre, une espèce de cuirasse constituée de plaques de métal cousues sur sa tunique ; un cercle de bronze maintenait sa chevelure, et un poignard était fixé à sa ceinture. Les hommes portaient des lances, des épées et des boucliers de bois cloutés de bronze. Certains étaient coiffés de casques terminés par un cimier en pointe.

— Cette nuit m'appartenait! ragea-t-elle en marchant vers Tirya.

Elle voulut la saisir par les cheveux. Celle-ci la repoussa violemment.

— Ne me touche pas! J'ai connu des rois — et pas des moindres — auprès desquels ton père et toi faites figure de baudets!

Les Salyens frémirent sous l'insulte. Les armes cliquetèrent. Hermès ramassa son épée et l'abaissa entre les deux princesses.

— Veux-tu connaître des noces de sang? demanda-t-il à Massalia.

La jeune femme ravala sa colère.

— Qu'Erianos emporte l'esclave sur son cheval! Quant à toi...! reprit-elle en regardant Hermès.

Elle tendit ses lèvres pour l'embrasser. Il lui claqua un baiser rapide sur la bouche.

Un bruit de galop! Les fourrés s'agitèrent. Les guerriers de Massalia s'établirent en une double ligne devant les jeunes gens, le bouclier levé et les lances en avant. Un cavalier apparut : le guetteur que Massalia avait envoyé en avant.

— Une troupe arrive! prévint-il. Une longue colonne de feu approche de la forêt.

— Comanos et ses Ligures! s'exclama Erianos. Ils sont armés de torches pour retrouver Tirya.

« Ils ont découvert la vieille Mangala plus tôt que prévu, comprit la jeune fille. Comanos doit être fou de rage. »

— Tous aux chevaux! commanda Massalia. Hermès, tu montes derrière moi!

L'instant d'après, les Salyens fonçaient à travers la forêt. Doublement chargées, les bêtes de Massalia et d'Erianos perdirent du terrain.

— S'ils nous rattrapent, nous leur abandonnerons l'Égyptienne ! décréta la fille du roi.

Massalia et les siens fuyaient à bride abattue. Tirya ne sentait plus ses jambes à force de les serrer pour se maintenir en croupe derrière Erianos, et elle avait du mal à adapter sa respiration au rythme de la course. À un moment, Massalia leva le bras pour ordonner de se mettre au trot, l'allure d'endurance. Hermès s'en inquiétant, elle répondit :

— Si nous épuisons nos bêtes, elles vont s'écrouler sous nous, et alors Comanos n'aura plus qu'à nous cueillir comme des fleurs de printemps.

— Que se passera-t-il s'il y parvient ?

— Il fera sécher nos têtes à l'entrée de son sanctuaire.

— Je les entends, frémit Tirya. Le sol gronde derrière nous, et les loups les accompagnent de leurs cris.

— Ce sont les Ligures qui jappent, releva Erianos. C'est leur façon d'effrayer l'ennemi, mais ils ne réussissent qu'à effaroucher leurs chevaux.

Comanos aperçut les fuyards alors que la forêt finissait sur une étendue plus aride, rocailleuse, peuplée de houx, de buissons épineux et de chênes verts épars, une garrigue où les bergers menaient paître leurs troupeaux.

— Les voilà ! hurla-t-il. Nous les tenons !

— Ils gagnent sur nous ! paniqua Tirya.

— Hermès et toi, changez de chevaux ! décida Massalia.

Deux cavaliers approchèrent. Sans ralentir, ils empoignèrent chacun l'un des jeunes gens et les hissèrent en croupe.

— Au galop maintenant! commanda la jeune femme. Et sonnez fort pour avertir mon père! Nous ne sommes plus très loin du village!

Les Ligures furent surpris par le regain d'ardeur de ceux qu'ils pourchassaient : l'allure de leurs chevaux venait de redoubler.

— Crevez les bêtes! brailla Comanos. Il faut les rattraper avant Les Mayans!

Se retenant par la seule pression de ses jambes, un guerrier de Massalia avait embouché sa trompe de bronze et, la tenant à deux mains, il s'époumonait.

Une masse sombre se découpa au bout de la plaine, auréolée par les premiers feux de l'aube. Les Mayans! Ceinte d'une couronne de lumière pourpre, la chaîne tout entière se dégagea de la nuit, et des ombres mauves coururent sur le sol. Lèvres et poitrail blancs d'écume, les chevaux usèrent leurs ultimes forces à foncer droit vers la montagne.

L'horizon s'anima tout à coup. D'abord tremblant, comme flottant dans la brume, il se mit à ondoyer. Un son de corne répondit à la trompe.

— Ce sont les nôtres! clama Massalia.

Le sol ronfla. Il sembla à Tirya que la plaine se relevait en une barrière d'armes et de chevaux. Conduits par leur roi, des guerriers nus sur leurs chars s'élançaient au combat, décidés à culbuter l'ennemi. Comanos arrêta ses hommes : devant un tel déferlement de chars, il comprit que l'affrontement tournerait vite à son désavantage. Il choisit le repli. Les Salyens se regroupèrent alors autour de Massalia et de ses hommes.

— Je vois que chacun a retrouvé ce qu'il avait perdu, commenta Imerix.

Tirya se laissa glisser à terre. Ses jambes flageolèrent et elle dut se retenir à la queue du cheval.

— Je regrette de vous avoir comparés à des ânes, ton père et toi, dit-elle à Massalia. Tu as conduit ta troupe comme un vrai général.

La jeune femme la tint sous son regard, puis elle jeta à Erianos :

— Récupère ta beauté ! Elle nous a assez fait perdre de temps.

Imerix fit tournoyer son épée au-dessus de sa tête. Mais ce signal du retour fut interrompu par un galop : arrivé à portée de voix, Comanos fit cabrer son cheval et ficha sa lance en terre.

— C'est la guerre ! cria-t-il. Les Mayans brûlera jusqu'à la dernière hutte ! Je ne laisserai que des cendres autour de Phocée, et je boirai le corma dans vos crânes !

Puis il fit volte-face et talonna sa monture pour rejoindre ses Ligures.

Imerix était sombre. Depuis plusieurs jours, ses messagers lui rapportaient des nouvelles alarmantes.

— Comanos a fait alliance avec les peuples de la vallée de l'Arc ainsi qu'avec les Celtes du plateau d'Entremont. Certains rois des collines hésitent encore à grossir ses forces, mais il emportera leur décision au gré de ses victoires.

Imerix se tenait sur le chemin de ronde, sa fille, Hermès et quelques chefs de hameaux à ses côtés.

— Les paysans vont affluer avec leurs bêtes, indiqua un des hommes, mais ils ne pourront jamais se réfugier tous aux Mayans.

— Les remparts ne résisteront pas à nos ennemis, déplora Massalia.

— Il faut chercher refuge à Phocée, déclara Hermès.

Les visages se tournèrent vers lui.

— Les murailles sont solides, précisa-t-il alors, et toute la partie nord de la ville est un immense espace vide. Nous pourrons tous y tenir, les bêtes comme les gens.

— Tu nous demandes d'abandonner Les Mayans ? se fâcha le roi.

— Je vous incite à rester en vie. Une maison se rebâtit, un mort ne ressuscite pas.

— Hermès a raison, dit un chef. Seule Phocée offrira une protection suffisante à nos familles.

— Si les timouques acceptent de nous recevoir, corrigea Massalia. Nous aider, c'est s'offrir aux coups de Comanos ! Il n'hésitera pas à attaquer la ville.

— Il l'attaquera de toute façon un jour ou l'autre, déclara Imerix. Comanos est un ambitieux, et son appétit ne s'arrêtera pas à la région des Mayans. Cela fait longtemps que les Ligures lorgnent les richesses de Phocée. Comanos ne rassemble pas autant d'alliés pour s'en prendre uniquement à nous. Nous lui avons juste fourni le prétexte qu'il attendait.

— Voilà où a conduit ta folie ! cracha Massalia en frappant Hermès à l'épaule. Lui reprendre une esclave, pfui !

— Non ma fille ! gronda Imerix. C'est toi la responsable ! En choisissant le Grec pour époux, tu as poussé le Ligure à la vengeance.

— Gyptis peut intercéder en notre faveur auprès des timouques, poursuivit Hermès. Je me propose d'aller l'avertir.

— Nous partons tous avec toi ! décréta Massalia, craignant qu'Hermès se retrouve seul avec Tirya.

— Partons ! confirma le roi. Nous camperons devant les murailles de Phocée et nous combattrons le dos à la mer si les timouques refusent de nous ouvrir leurs portes, mais il ne sera pas dit que j'aurai laissé mon peuple périr dans l'incendie de ses maisons !

16

LE NŒUD D'ISIS

— Ho ! Hisse !... Ho ! Hisse !...

Deux grosses barques dansaient sur la mer au large de Pegwti. Les pêcheurs remontaient leur senne, un filet en forme de demi-cercle dont les mailles craquaient sous le poids des prises. La masse argentée affleura la surface. Les poissons sautaient en l'air, battaient de la queue, secouant les flots de multiples éclairs blanchâtres.

— La pêche est bonne, constata l'un des hommes.

Il attrapa le bord du filet pour faire rouler les prises ruisselantes dans sa barque. La masse se déversa telle une vague gluante. La bouche du pêcheur s'arrondit soudain. Ses yeux s'écarquillèrent. Il étouffa un juron. Un bras dépassait des poissons. Le cadavre d'un homme venait de basculer dans son embarcation.

De retour au port, les pêcheurs avertirent l'officier chargé de la sécurité de la ville. Celui-ci se présenta avec deux gardes armés chacun d'un gourdin. L'officier étudia le corps, le retourna, cherchant une blessure.

— Il s'est noyé en tombant à l'eau, avança un garde.

— Son visage est méconnaissable tellement il a été abîmé par l'eau, mais il porte un vêtement de prêtre. Il pourrait s'agir de cet Imef qui a enlevé la princesse Tirya. Je vais alerter Kâ, à Saïs.

— Vous avez vu cet étrange bracelet à sa main droite ? releva le pêcheur qui l'avait découvert.

L'officier détacha l'objet du cadavre et l'examina avec soin.

— C'est un tressage de poils. Ce sont les Kouchites qui fabriquent ce genre de bracelet. Mais comment est-il arrivé au poignet de ce gaillard ?

Hapi avait mal aux pieds. Il en avait plus qu'assez de passer ses journées à promener la danseuse Méretrê d'un endroit à l'autre. Ils avaient fait le tour des artisans, du boulanger au fabricant de bandelettes, arpenté les marchés, visité les tavernes et les entrepôts, mais sans résultat. Ou ses complices n'étaient plus à Saïs, ou la belle faisait mine de ne pas les reconnaître.

— Si mon chef n'arrête personne d'autre, lui rappela Hapi, c'est toi qui paieras pour tous les ravisseurs.

Méretrê croyait plus sûrement que Kâ lui laisserait la vie aussi longtemps qu'il ne mettrait pas la main sur un de ses acolytes. Le jour où il tiendrait quelqu'un d'autre, le faible témoignage de la danseuse ne pèserait plus lourd sur le plateau de Maât. Elle n'avait retrouvé aucun des rameurs engagés par Imef, mais, il y a deux jours, elle avait identifié la femme qui tenait le rôle d'Isis dans la barque d'Hathor, et dont la robe avait été déchirée pendant qu'elle luttait avec Tirya pour l'obliger à monter sur le *Fil d'Ariane*. Elle avait reconnu sa voix sur le marché comme l'autre vantait la qualité de ses lotus bleus fraîchement cueillis dans les marais. Méretrê avait prétexté un léger malaise afin que Hapi lui permette d'aller s'asseoir à l'ombre. Là, elle avait observé la femme tout à son aise. En l'écoutant parler avec ses clientes, elle avait appris qu'elle était la fille d'un pêcheur appelé Nata et d'une certaine Sédeinga, tuée par un cobra dans le jardin d'un vieux général, et qu'ils habitaient dans un village au nord de la ville. « Si Kâ perd patience et me traduit devant la kenebet, je tenterai de négocier ce renseignement contre ma vie, » s'était-elle dit. À un moment, la marchande de lotus s'était retournée et, l'espace d'un instant, ses yeux s'étaient rivés à ceux de Méretrê. Avait-elle tressailli ? Méretrê aurait pu le jurer, même si la femme s'était remise à héler le client comme si de rien n'était.

Ce jour-là, Hapi et la danseuse étaient revenus sur le marché, mais la jeune femme avait beau chercher des yeux la fille de Nata, celle-ci n'était pas là à vendre ses lotus.

— La ville m'épuise, soupira Hapi, et j'ai vraiment l'impression de perdre mon temps. Sortons de Saïs et allons fouiner du côté des pêcheurs !

— Pourquoi les pêcheurs ?

— Nous cherchons des rameurs, non ? Kâ est persuadé qu'Imef a recruté ses hommes au fond des ruelles, mais qui sait ? C'étaient peut-être de braves bougres qui ne savaient pas qui ils transportaient dans les sarcophages... du moins au début.

Ils quittèrent Saïs par la porte nord et se mirent à longer le Nil. Des bacholes glissaient entre les roseaux, dans l'espoir de dénicher du gibier d'eau. Plus loin, des femmes puisaient de l'eau ou battaient leur linge mouillé, accompagnées d'enfants qui prenaient plaisir à sauter dans les flots. Assises devant une cabane au toit couvert de feuilles de papyrus, deux gamines liaient des bouquets de lotus bleus. L'une d'elles tendit à Méretrê trois fleurs attachées par un fil de lin. Comme la danseuse les refusait, la fillette insista.

— Le nœud qui retient les tiges est le nœud d'Isis. C'est un porte-bonheur. Il n'y a que nous qui attachons les lotus comme ça.

— J'en aurais bien besoin, souffla la jeune femme.

— Alors prends-les ! dit la petite en lui fourrant les fleurs dans la main. Qu'est-ce que tu me donnes en échange ?

— Quelques pas de danse.

— Ça plairait peut-être à Nata mais certainement pas à sa fille. Tu n'as pas autre chose ?

« Nata ! tiqua Méretrê. Alors c'est là qu'habite celle qui est montée avec moi sur la barque d'Hathor. C'est bon à savoir. »

— Laisse-la danser, intervint son amie. Ça me fera penser à un jour de fête. Elle ne les a pas comptés, ses lotus, la fille de Nata.

— Je peux ? demanda Méretrê à Hapi.

Le bonhomme hocha la tête en signe d'assentiment. Depuis le temps qu'il arpentait les rues avec sa prisonnière, il pouvait bien se permettre un petit écart. Méretrê plaça les lotus entre ses seins, sous sa tunique et contre sa peau, appelant la déesse Isis à la tirer des embarras dans lesquels elle se débattait puis, fredonnant sa musique et tapant dans ses mains, elle se déhancha, ondula, virevolta pour le plus grand plaisir des gamines et du policier… sans se douter qu'une paire d'yeux venait de se coller dans l'interstice du mur de roseaux, à l'intérieur de la cabane.

— Ça suffit ! l'arrêta Hapi comme un chien s'était mis à aboyer en tournant autour d'elle.

Quelques vieux et des femmes de pêcheurs s'étaient approchés pour l'admirer.

— C'est un bon moyen pour tirer les gens hors de chez eux, convint le policier à mi-voix. Tu reconnais quelqu'un parmi eux ?

Méretrê fit une moue. Hapi la pressa alors de reprendre leur route. Dès qu'ils se furent éloignés, la fille de Nata se précipita hors de chez elle, courut vers le fleuve, monta dans sa bachole et gagna l'autre rive à grands coups de pagaie. De leur côté, Hapi et Méretrê poursuivirent jusqu'à un grand plan d'eau tapissé de larges feuilles de nénuphars.

— Inutile de continuer par là, jugea le policier. Nous entrons dans le domaine des grenouilles, et je ne crois pas que nous trouverons nos lascars parmi elles.

L'endroit était désert, ceinturé par de hauts papyrus. Le « pit-pit » des oiseaux sautait d'une touffe à l'autre, et l'étang résonnait de coassements ininterrompus. Ils rebroussèrent chemin, tombèrent sur deux hommes et une femme qui leur tournaient le dos et se chamaillaient au sujet d'un canard qui servait d'appeau. Comme Hapi et Méretrê arrivaient à leur hauteur, la femme se retourna et regarda la danseuse bien en face. La jeune femme eut un haut-le-corps. La fille de Nata !

— C'est moi que tu cherches ?

— N... non, balbutia Méretrê, déconcertée.

Surpris, Hapi resta quelques secondes sans réagir. Cela suffit aux deux hommes pour bondir sur le policier et lui plonger un couteau dans le ventre. Méretrê voulut hurler mais deux gifles retentissantes la firent taire. L'un des assassins l'attrapa par le cou et, d'une simple torsion, lui brisa les vertèbres cervicales.

— Retournons vite de l'autre côté du fleuve avant que quelqu'un n'arrive, conseilla la fille de Nata. On imputera leur mort à des rôdeurs.

— On pensera plus sûrement qu'un voleur avait un compte à régler avec ce policier, rectifia l'un des hommes.

— On pourra imaginer ce qu'on veut, je m'en fiche, grogna la femme en se faufilant entre les papyrus. L'important est que personne ne puisse me soupçonner de quoi que ce soit.

— Les seuls qui pouvaient te gêner sont là, résuma le deuxième tueur en désignant les deux corps qui gisaient dans la même flaque de sang.

Kâ rentra sa tête dans les épaules devant l'éclat de colère de Pharaon.

— Tu ne m'apprends rien ! s'emporta Amasis en écrasant son poing sur l'accoudoir de son siège. Tu n'as pas retrouvé le complice du Sauvage et tu ne sais toujours pas qui était cet Imef. D'après ses vêtements de prêtre et l'endroit où on a retrouvé son corps, il ne fait pas de doute qu'il s'agit bien de lui, mais nos renseignements s'arrêtent là. Et comble de malheur, voilà qu'un de tes policiers a été assassiné hier avec la seule personne capable d'identifier les ravisseurs de ma fille ! Je ferais mieux de confier l'enquête à des babouins !

— J'ai mené des interrogatoires à travers toute la ville et dans les villages des environs, se défendit l'officier, j'ai questionné les gens à propos de leurs voisins afin qu'ils me signalent la disparition d'une tête connue, mais cela n'a abouti à rien.

— Cet Imef n'est quand même pas sorti du néant ! Sa famille cache son absence car elle est complice. Fais exposer son corps nu sur la place du marché ! Même si son visage a été mangé par les poissons, quelqu'un remarquera peut-être un indice sur lui qui nous permettrait enfin de savoir qui il était vraiment. Au bout de tout ce temps, les seuls éléments que nous possédons sur les ravisseurs sont les boucles d'oreilles de cette danseuse, le bracelet d'Imef et ces trois lotus !

— Et encore ! Je doute que ces fleurs aient un rapport avec ceux que nous cherchons, souligna Ménélas. Méretrê a pu les cueillir n'importe où.

— On les lui a données, corrigea Kâ, car les tiges sont liées entre elles par un fil de lin. Or d'après mon enquête il n'y avait pas de marchande de lotus au marché, hier. Alors d'où viennent-elles ? Le nœud qui les attache est très particulier, fit-il observer. C'est un nœud d'Isis. Je ne connais personne qui présente ses lotus de cette façon.

— C'est bien ce que je te reproche ! tonna Pharaon. Que fais-tu de tes yeux et de tes oreilles ? Il convient de découvrir qui a donné ces fleurs à la danseuse. Cette personne a peut-être vu quelque chose qui pourrait orienter nos recherches.

— Nous savons cependant qu'il y a un rapport entre Imef et le pays de Kouch, poursuivit Kâ. Les boucles d'Apedemak et ce bracelet le confirment.

Pharaon tendit la main, paume ouverte. Kâ y déposa le bracelet trouvé sur le noyé.

— Contrairement aux bijoux, ce genre d'objet n'a aucune valeur marchande, dit Amasis en le faisant tourner entre ses doigts. Il est fait à partir d'une crinière de lion, et les Nubiens le portent au poignet en pensant qu'il leur transmet la force du dieu lion, mais pour un Égyptien, cela ne compte pas plus qu'un rot de crapaud. Si Imef le gardait sur lui, c'est qu'il était au courant des pratiques kouchites. Sa famille ou lui ont dû vivre au-delà du Ventre de Pierres[1], quelque part entre Kerma et Napata. Je ne vois guère que des fonctionnaires royaux pour avoir été en poste par là-bas.

— J'ai déjà évoqué l'hypothèse de hauts personnages compromis dans cette affaire.

Amasis grommela. La supposition de Kâ pouvait finalement être la bonne, à savoir que Tirya avait eu vent d'un trafic impliquant des notables, et que

1. Ensemble de forteresses, au sud de la Deuxième Cataracte, qui protégeait l'Égypte du danger kouchite.

ceux-ci s'étaient débarrassés d'elle pour éviter qu'elle les dénonce. Il soupira, secoua la tête. Non, cela ne collait pas avec la logique d'un enlèvement.

— Quand on a peur d'être découvert, on tue pour se protéger, déclara-t-il. Quand on fait souffrir, c'est qu'on se venge !

Ménélas toussa dans sa main pour appeler l'attention.

— Tout en poursuivant les enquêtes dans la ville, il serait bon aussi de ne pas négliger la piste de Kâ, suggéra-t-il.

— Soit, accepta Pharaon. Vous fouillerez tous les deux dans les archives. Kâ s'attachera à la liste des maires, des intendants et des scribes, et toi à celle des officiers, tous nommés au pays de Kouch. Remontez jusqu'au début du règne d'Apriès, et ne craignez pas de secouer la poussière entre les mots !

— Qui s'occupera de ta sécurité pendant que j'aurai le nez dans les papyrus ? s'inquiéta Ménélas.

— Phanès ! Après toi, c'est lui qui commande les Hommes de Bronze.

Pharaon se leva. Les gardes claquèrent la hampe de leur lance sur les dalles, puis ils s'établirent en éventail autour de lui.

— Je me rends chez la reine, dit Amasis à Ménélas. Préviens Phanès ! Qu'il m'attende devant la porte de Méryt-Ahmès !

Méryt-Ahmès souffrait. Il lui semblait qu'un serpent logeait dans son ventre et qu'il plantait ses crochets au hasard. La douleur cuisante s'apaisait parfois pour reprendre, plus vive, plus lancinante, tordant la jeune femme sur son lit trempé de sueur.

Les médecins se relayaient à son chevet, mais leurs remèdes n'avaient pas plus d'effets que s'ils lui administraient une purge d'eau claire. Depuis quelques jours, en plus de la souffrance de ses intestins, Méryt-Ahmès ressentait une intense fatigue ponctuée de malaises, et des fourmillements lui parcouraient les membres. Sa main reposant dans celle de Pharaon, elle fit un effort pour demander :

— As-tu des nouvelles de Tirya ?

Devant le silence de son époux, elle s'humecta les lèvres avec la langue et murmura :

— Comme elle doit souffrir, elle aussi ! Et Hermès !

— Mes navires voguent vers l'île des Sicules. Ils les retrouveront. Je suis prêt à verser une pleine cargaison d'or pour les récupérer.

— C'est mieux que de déclarer la guerre.

— Le père d'Hermès a contacté des marchands grecs dont le négoce s'étend jusqu'à la Grande Grèce. Certains commercent avec les cités de Syracuse, Catane et Acragas. Les recherches s'effectuent donc aussi de son côté.

La main de Méryt-Ahmès se crispa soudain. Son corps tressauta, puis elle retomba, épuisée. Une servante s'empressa de lui donner à boire.

— Le *Fil d'Ariane* n'est toujours pas revenu à Pegwti ? s'enquit la reine d'une voix à peine audible.

— Non, répondit Amasis. Il doit voguer dans quelque mer lointaine.

Il ne voulut pas alarmer son épouse en avançant l'idée qu'il aurait pu couler, mais il savait qu'elle y pensait. Nul bateau n'ayant croisé le *Fil d'Ariane* depuis des semaines, toutes les éventualités pouvaient être envisagées.

— Tirya et Hermès me manquent, souffla Méryt-Ahmès. Et que dire de mon fils ? Je ne peux même plus le garder avec moi.

La voix sourde de Phanès s'entendit subitement à travers la porte, puis celle, cristalline et insistante, de Sehouna. D'un mouvement de la tête, Amasis ordonna à la servante d'aller voir ce qui se passait. Elle revint aussitôt en annonçant :

— Sehouna apporte des fleurs à la reine, mais l'officier grec ne veut pas la laisser entrer.

— Cette petite me rend visite tous les jours. Sa présence apporte un peu de baume à mon cœur.

— Va la chercher, dit Pharaon à la servante.

Sehouna pénétra dans la chambre sur la pointe des pieds. Elle s'inclina devant Pharaon et alla donner un bouquet de lotus bleus à la jeune femme. La reine l'embrassa.

— Ces fleurs sont magnifiques...

— Et regardez le nœud qui les attache ! C'est le nœud d'Isis ! C'est pour ça que je les ai choisies. J'espère que la déesse vous portera bonheur et que vous guérirez.

— Montre-moi ces lotus ! demanda Pharaon d'une voix vibrante.

— Elles sont fraîches, assura Sehouna, craignant que le roi ne les jette par la fenêtre. Je les ai échangées contre deux perles de ma ceinture.

Amasis examina le nœud. Pas de doute ! Il était identique à celui qui retenait les lotus trouvés sur Méretrê.

— Saurais-tu reconnaître ta marchande ?

— Bien sûr ! fit Sehouna. Elle vient de temps en temps sur le marché. Elle n'y était pas hier, mais je l'ai croisée ce matin alors qu'elle s'y rendait. Je lui ai acheté ces lotus dans la rue.

Pharaon tapota l'épaule de la fillette.

— Quand tu seras grande, rappelle-moi de te nommer chef de la sécurité !

La vieille Awab cherchait une peau pour remplacer sa couverture usée et déchirée. Aussi errait-elle sur le marché avec un panier rempli de grenouilles pour effectuer son troc. Des Syriens proposaient de grandes peaux de chamelle, mais ils n'avaient que faire des batraciens. Des Phéniciens exposaient de belles toisons de chèvre noire, or il aurait fallu toutes les grenouilles d'un lac pour les acquérir. Un coureur des sables lui vanta la qualité de ses peaux de bique...

— Rien qui vaille le quart d'une patte de crapaud ! rétorqua Awab avec une moue dégoûtée.

Sa quête la conduisit vers un vieux Nubien, noir comme l'ébène, qui s'était rendu à Saïs avec des plumes d'autruche, des queues de girafe et des peaux de gazelle. Awab s'accroupit devant lui et commença à palper les peaux pour en apprécier la finesse, quand une troupe d'hommes en armes déboula sur la place. La vieille femme reconnut la gamine qui accompagnait Kâ lorsqu'il était venu l'interroger sur son île. Elle vit Sehouna pointer le doigt vers quelqu'un, puis les soldats se précipiter dans la direction indiquée. Il y eut un remous dans la foule, des cris de femme, puis la troupe repartit avec une prisonnière.

— Ils ont arrêté la fille de Nata, commenta un marchand d'osier, éberlué.

Awab se désintéressa de la scène et reporta son attention sur les peaux : celles-ci lui plaisaient vraiment. Comme elle proposait ses bestioles contre l'une d'entre elles, l'homme secoua la tête, jugeant l'offre insuffisante.

— Il n'y a pas que l'objet que tu achètes, mais ma chasse. J'ai dépensé des efforts et du temps pour traquer et abattre la gazelle.

— Crois-tu que les grenouilles m'ont sauté dans la main ? J'ai bravé le crocodile et...

— Voilà ce qu'il me faut en échange : une peau de crocodile. J'ai dû m'aventurer sur le territoire du léopard pour chasser ces bêtes.

— Que n'as-tu rapporté sa fourrure, à lui ! C'est le léopard qui t'a labouré la poitrine de ses griffes ? demanda Awab en désignant les cicatrices du Nubien.

— Ce sont des trophées de guerre. Cela remonte à l'époque où les tiens se sont lancés à la reconquête du pays de Kouch. Je me souviendrai toujours de la terrible bataille de Napata : Vent du Nord et son armée se sont abattus sur nous comme une tempête de sable. Il n'a laissé que des ruines et des morts derrière lui avant de se livrer au pillage de la région.

Awab eut l'impression qu'une main appuyait sur sa gorge, l'empêchant de respirer. Vent du Nord ! Enfin ! Elle n'osa pas regarder le vieil homme en face de peur qu'il ne remarque son trouble lorsqu'elle hasarda :

— C'était quoi, déjà, son vrai nom ?

— Potasimto, révéla l'autre sans hésiter. J'ai

appris qu'il est toujours en vie et qu'il habite près du terrain d'entraînement des chars.

— Tu n'as jamais cherché à te venger de lui ?

— Pourquoi ? C'était la guerre. Les blessures se sont refermées depuis longtemps.

— Pas toutes, marmonna la mère du Sauvage. Il y en a qui ne guérissent jamais.

Elle se leva et partit d'un pas raide.

— Hé ! Tu oublies tes grenouilles ! lui lança le Kouchite.

17

COLÈRE LIGURE

Debout sur le chemin de ronde près de la Porte Tuto, sur le rempart situé au nord de Phocée, les timouques et les chefs celtes observaient les épaisses colonnes de fumée noire qui se tordaient vers le ciel.

— Comanos et ses alliés brûlent le pays autour de nous, dit Alcis, l'un des timouques les plus importants de la ville. Les flammes vont bientôt lécher nos murailles.

— Le roi des Ligures a toujours convoité vos richesses, affirma Imerix. Tôt ou tard il se serait jeté sur Phocée. En nous ouvrant les portes de la ville, vous avez garni les remparts de nombreux guerriers.

— Si l'ennemi instaure un long siège, ce nombre jouera en notre défaveur : nous manquerons rapidement de nourriture.

— Nous abattrons nos troupeaux, annonça un chef. Et puis la mer reste ouverte : Comanos ne possède pas de bateaux pour nous attaquer par le sud. Il n'empêchera ni la pêche ni l'arrivée des secours que vous avez envoyé chercher.

— Les cités grecques et étrusques sont loin, fit remarquer Alcis.

Il n'ajouta rien. Chacun comprit que Phocée risquait de tomber avant que les vaisseaux de secours ne se découpent sur la mer.

Un son grave monta soudain du vallon. C'était un souffle rauque poussé par des centaines de carnyx, longues trompes de bronze à tête d'animal, et qui grondait comme la respiration d'une énorme bête en colère.

— Les voilà ! cria Imerix.

Des cuirasses, des épées, des casques scintillèrent au soleil. Les Ligures, les Celtes d'Entremont et d'autres tribus gauloises avançaient à grands cliquetis d'armes. En tête venaient les chefs sur leurs chevaux, flanqués de leurs porte-enseignes. Ces derniers brandissaient orgueilleusement les emblèmes de leur clan : des sangliers, des cerfs, des loups... Derrière eux marchaient les hérauts : ils tenaient les carnyx à deux mains, bien droit, afin que la gueule ouverte de l'animal se dresse au bout de son long tube à côté des enseignes et contribue à l'effroi suscité chez les Phocéens. Puis apparurent les cavaliers, les chars et les fantassins parmi lesquels de nombreuses femmes casquées, arborant fièrement le bouclier, le poignard, la lance ou la fronde.

Des buccins sonnèrent sur les remparts, appelant les hommes à la défense de la ville. Les Salyennes grimpèrent aux créneaux, bardées comme les guerriers. Massalia avait rejoint son père et Hermès sur le chemin de ronde, et elle regardait approcher la masse bruyante des assaillants.

Dans les maisons, c'était le branle-bas. On courait dans tous les sens, on paniquait comme si l'ennemi avait déjà enfoncé les portes de la ville et qu'il se répandait à travers les rues.

— Tirya ! appela Gyptis.

La jeune fille se précipita dans la chambre de la vieille femme. La princesse ségobrige avait revêtu la tunique métallique de son père Nannus, et elle faisait tournoyer une fronde.

— Vous n'allez pas courir à la bataille ? s'exclama Tirya, stupéfaite.

— Oh que si, ma belle ! Peut-être qu'en Égypte les femmes se contentent de danser et de donner le sein, mais en Gaule elles se battent !

— Pas à votre âge !

— À tout âge ! aboya Gyptis. Erianos est à son poste. Voilà ton casque, un tablier de cuir et une courte épée ! Comanos te tranchera la tête s'il met la main sur toi, alors ne te laisse pas surprendre ! Au combat, il n'y a plus ni maître ni esclave. Aussi n'attends pas ma permission pour fendre le crâne d'un Ligure !

Tirya suivit Gyptis sur le chemin de ronde.

— Les femmes grecques sont restées chez elles, remarqua la jeune Égyptienne.

— Elles aident à leur manière : elles font chauffer de grandes quantités d'eau que nous déverserons sur ceux qui tenteront d'escalader les fortifications. Hi ! Hi ! Hi ! Tu les verras s'enfuir en poussant des cris de cochons ébouillantés.

Sitôt sur le rempart, Tirya se mit en quête d'Hermès. Elle le découvrit sur la muraille nord, du côté où Comanos amassait le gros de ses forces. Massalia la regarda approcher d'un air désapprobateur.

— Tu viens mourir ? lui demanda-t-elle. C'est

tout ce que tu as trouvé pour te protéger ? Un tablier que l'on endosse pour ouvrir les coquillages !

Tirya tira son arme et la pointa sur le ventre de la jeune femme.

— Tu veux que je commence l'écaillage ?

— Paix vous deux ! gronda Imerix. Comanos va lancer sa charge.

Tirya se plaça à la droite d'Hermès, Massalia à sa gauche.

— Que Zeus nous assiste ! lâcha Hermès quand les carnyx firent entendre leur sonnerie lugubre.

Et ce fut la ruée ! Appuyée par les chars, la cavalerie fonça en une seule ligne. Debout sur le timon en bois, les cochers fouettaient les attelages tandis que les guerriers tressautaient dans les nacelles, un bouclier et une pique à la main, une fronde suspendue à la ceinture. À portée de tir, les attaquants projetèrent leurs lances vers le sommet de la muraille, obligeant les défenseurs à se réfugier derrière les merlons. Les armes et les pierres sifflèrent en montant vers le ciel puis elles retombèrent sur le chemin de ronde en crépitant, clouant quelques imprudents mal abrités derrière leurs boucliers. Les vagues d'assaut se succédant, les jets continus de piques empêchant les Phocéens de se montrer aux créneaux pour riposter, Comanos donna à ses fantassins le signal d'entrer dans la bataille. Des hommes — certains sans casque et torse nu — transportèrent vers la ville des troncs d'arbre non émondés. Les cavaliers et les chars s'écartèrent pour les laisser passer. Phocéens et Salyens apparurent alors au sommet des remparts et fauchèrent les premiers rangs par une volée de javelines.

— Apportez les chaudrons d'eau bouillante ! commanda Imerix.

— Faites chauffer de l'huile ! hurla Hermès. Et allumez des petits feux tout autour du chemin de ronde !

— De l'huile ? s'étonna Alcis. Mais c'est cher ! L'eau suffit !

— L'eau ne brûle pas ! répondit Hermès.

— J'ai compris son idée ! Faites ce que dit mon gendre ! ordonna Imerix.

Se faufilant le long du chemin de ronde, Tirya et deux autres jeunes filles approvisionnaient en piques et en pierres les quelques guerriers postés à côté d'Hermès. Massalia, elle, se penchait au créneau et arrosait l'ennemi de ses projectiles.

— Plus vite ! commandait-elle à Tirya. Ils poussent comme des champignons là-dessous.

Soulevés par deux hommes, les lourds chaudrons de bronze déversèrent une eau fumante sur ceux qui grouillaient au pied des fortifications, creusant des vides dans la masse. L'ennemi reflua en abandonnant les troncs.

— Ils relancent leur cavalerie et leurs chars ! avertit Imerix. Tous à l'abri !

Des lances et des pierres s'envolèrent à nouveau, scellant les défenseurs derrière leurs protections. Un homme paniqua quand des éclats de pierre ricochèrent sur lui. Il se mit à courir pour changer d'emplacement. Tiré d'une fronde, un caillou l'atteignit à la tempe. L'homme s'écroula tout près de Tirya. Elle reconnut alors Bakros, le capitaine du *Fil d'Ariane.*

Profitant de ce que les Phocéens et leurs alliés s'abritaient des jets de lances, l'infanterie de

Comanos repartit à l'attaque. Cette fois les guerriers réussirent à dresser les troncs et à les appuyer contre l'enceinte. Puis, s'aidant de haches et de couteaux qu'ils plantaient dans l'écorce, ils entreprirent leur ascension. Comanos fit cesser le tir quand ses hommes parvinrent presque au sommet.

À l'aide d'épieux, de fourches et de perches, les Salyens et les Grecs tentèrent de repousser les arbres, mais les branches s'étaient coincées entre les merlons, bloquant les troncs au mur. Ils essayèrent alors de transpercer les assaillants, mais il était difficile de viser juste à travers le feuillage.

— L'huile bout à gros bouillons ! prévint une femme.

Sur le conseil d'Hermès, les guerriers aspergèrent les troncs d'huile, puis ils y mirent le feu. Des grappes entières d'hommes se jetèrent dans le vide pour échapper aux flammes. Une ovation salua l'échec de l'ennemi.

— Je suis fier de toi, mon fils ! s'exclama Imerix. Trempé d'huile, le bois va brûler jusqu'à sa combustion totale. Comanos n'a plus aucun moyen de submerger nos défenses.

Le roi des Ligures changea de tactique et décida de porter ses coups contre les portes de la ville. S'abritant sous leurs boucliers qu'ils tenaient au-dessus de leur tête, les hommes poussèrent des chariots enflammés devant eux cependant que des troupes de cavaliers lançaient une nouvelle offensive en dirigeant leur tir vers les créneaux.

— Ils veulent brûler les portes, comprit Alcis. Apportez de la terre ! Beaucoup de terre !

Ceux et celles qui n'étaient pas sur le chemin de

ronde se mirent à creuser le sol, emplissant corbeilles, jarres et paniers. Les Ségobriges de Phocée apportèrent de pleines charrettes de fumier. Lorsque les chariots embrasés heurtèrent les battants et que le feu mordit les vantaux, les défenseurs se penchèrent et, malgré les pertes, déversèrent pêle-mêle de l'eau, des mottes de terre et du purin. Étouffées, les flammes finirent par s'éteindre. Les guerriers qui attendaient de se ruer dans la place une fois les portes abattues se replièrent. Comanos décréta alors la fin du combat pour cette première journée. Il établit son camp en arc de cercle autour de Phocée puis il réunit ses chefs.

— Que trament-ils ? s'interrogeaient Imerix et les timouques qui les observaient du haut de leurs fortifications. Le Ligure sait à présent qu'il ne pourra pas nous enfoncer, il doit réfléchir à une autre manière de nous investir.

— Notre point faible se trouve au sud. Nous n'avons aucune protection du côté du Lacydon[1].

— L'ennemi n'a pas de bateaux, nous ne risquons rien par là.

— Comanos n'est pas idiot, dit Massalia. À sa place, c'est par la mer que j'attaquerais.

En fin d'après-midi, une partie des Ligures se porta vers la colline du Bois sacré, de l'autre côté de la calanque. Bientôt des coups retentirent, et des arbres s'abattirent, creusant des saignées sur le versant.

— Ils préparent de nouveaux troncs d'assaut et des béliers, releva l'un des chefs.

1. Aujourd'hui le vieux port.

— C'est possible, admit Hermès, mais je redoute autre chose.

— Tu penses à des radeaux, souligna Tirya.

Hermès hocha la tête. Un peu plus tard, en effet, les Ligures traînèrent les troncs émondés sur le rivage et entreprirent de les assembler avec d'épais cordages. Puis ils les laissèrent bien en vue des assiégés et rejoignirent le grand campement devant la ville.

— S'ils cherchent à nous effrayer, c'est réussi, avoua Alcis d'une voix chevrotante. Nous aurons du mal à les couler avec les quelque navires qui nous restent. Le Lacydon est trop étroit pour nous permettre de manœuvrer habilement.

— Sans compter que les assaillants se rendraient vite maîtres des vaisseaux par l'abordage, renchérit un timouque. Faut-il envisager d'abandonner Phocée et de fuir par la mer ?

— Nous avons trop peu de bateaux pour évacuer tout le monde. Il faut établir des défenses sur la plage : ficher des pieux dans le sable, élever une barrière de fascines[2]...

— Cela prendrait trop de temps, intervint la vieille Gyptis. Portons la guerre chez nos ennemis ! Assez tremblé derrière les murs ! N'y a-t-il plus rien là-dedans qui vous pousse à la charge ? ajouta-t-elle en décochant un petit coup de poing dans le ventre d'Imerix.

— Je suis de son avis ! l'approuva Massalia. Mon cheval me manque et mon épée ne me sert à rien

2. Fagots de branchages.

en haut de ce perchoir. C'est dans la plaine que se trouvent les crânes à fendre.

Tirya regarda le soleil, puis la mer qui reflétait la lueur sanglante du soir.

— Comanos ne lancera plus d'assauts avant demain, déclara-t-elle alors. Nous avons la première partie de la nuit pour préparer notre contre-offensive.

— Que comptes-tu faire de la seconde? lui lança Massalia.

— Traverser le Lacydon et nous embusquer sur la colline du Bois sacré, répondit Tirya.

— Tu veux détruire les radeaux?

— Non, ce serait inutile, ils en reconstruiraient d'autres. Mon idée est d'appuyer l'attaque des chars et de la cavalerie que vous mènerez dès l'aube. Comanos ne s'attendra pas à nous voir surgir sur son flanc.

— Ce n'est plus la peine de nous concerter, rit Imerix. Tout est dit!

— C'est un bon plan, reconnut Massalia. Il y aurait donc une cervelle dans ta tête d'esclave?

Gyptis frappa sur l'épaule de Tirya.

— Je ne sais pas d'où tu sors, mais si nous réussissons à repousser les armées de Comanos, je te rends ta liberté. Tant pis pour mes oboles! Une fille comme toi ne peut pas rester esclave.

Elle se tourna vers Alcis.

— Les timouques m'accorderont bien quelque avantage pour pallier cette perte inestimable.

Ce n'était pas une question. Alcis opina. Massalia se pencha à l'oreille de Tirya et lui glissa :

— Ne crois pas pour autant me reprendre Hermès! Notre mariage a été consacré par les dieux.

— En d'autres circonstances, nous aurions pu être des amies.

La réplique de Tirya laissa la jeune femme sans voix.

Les hommes parlèrent longtemps autour des feux ce soir-là, et ils tombèrent d'accord : il n'était plus question de se cantonner dans une défense passive. Ils peaufinèrent la proposition de la jeune Égyptienne, puis répartirent leurs forces en trois groupes. Hermès prendrait le commandement de la troupe chargée de traverser le Lacydon, Imerix et quelques chefs dirigeraient l'attaque des chars par la Porte Tuto tandis que Massalia et ses cavaliers tenteraient une percée par l'est.

— Je viens avec toi, déclara Tirya en suivant Hermès comme il quittait l'assemblée des chefs.

— Tu veux dire que tu l'accompagnes au Bois sacré ? s'étrangla Massalia.

— Nous avons l'habitude de combattre côte à côte, ton mari et moi. Si tu juges cependant que la place d'une femme est derrière son chaudron, va donc faire bouillir ta...

— Je pars avec vous ! Catumandus commandera la cavalerie !

Massalia s'accrocha au bras d'Hermès et s'y suspendit exagérément.

— La guerre ne finira pas avec la défaite de Comanos, marmonna Gyptis en les regardant s'éloigner tous les trois. Ces deux filles nous réservent une longue période de discorde. Et cela ne se réglera pas à la pointe de l'épée !

— Laissons les dieux décider, soupira Imerix. Ces choses-là dépassent les compétences d'un père.

18

DANS LA LUMIÈRE DE MASSALIA

Des ombres mouvantes avançaient sur les eaux du Lacydon. Les rameurs pagayaient en silence, presque couchés sur le plat-bord pour se fondre avec leurs légères embarcations. Les Ligures et leurs alliés avaient allumé de grands feux devant Phocée afin d'éclairer les fortifications et de se garantir ainsi de toute contre-attaque surprise. Ce faisant, l'obscurité s'en trouvait renforcée aux alentours, en particulier sur la mer et sur la colline du Bois sacré. Les guerriers dansaient devant les brasiers, et leurs hurlements vrillaient la nuit. Comanos était sûr de sa victoire, le lendemain, et il se disputait déjà les futurs prisonniers et les richesses avec les autres chefs.

Les barques atteignirent la rive sud. Le corps enduit de pastel, les Salyens évitèrent de froisser l'eau en montant sur la berge, puis ils se faufilèrent sous le couvert des arbres.

— Il peut y avoir des gardes près des radeaux, chuchota Hermès à deux hommes près de lui. Allez vous rendre compte ! Ne vous encombrez pas de vos épées ni de vos boucliers, les couteaux suffiront !

Les deux Celtes s'enfoncèrent dans la végétation en rampant. Ils revinrent peu après en annonçant qu'ils s'étaient débarrassés des quelques sentinelles à moitié endormies, et que la colline était libre d'ennemis. Hermès fit signe alors d'occuper le Bois sacré. Sous sa conduite, les guerriers, Massalia et Tirya se répandirent dans le bosquet et se placèrent en embuscade sur le versant nord. C'est par là qu'arriverait une partie de l'armée de Comanos pour embarquer sur les radeaux.

Une lumière jaune filtra à travers les troncs et fit briller la chevelure de Massalia. Mais aucune trille ne salua le lever du soleil. Les arbres du Bois sacré restèrent muets.

Dans le camp de Comanos, les premiers guerriers se levèrent et roulèrent la fourrure dans laquelle ils avaient dormi. Puis ils allèrent détacher les chevaux et les menèrent boire à un ruisseau. Un grincement tout à coup ! Les portes de Phocée s'ouvraient ! Les Ligures marquèrent un instant d'étonnement, puis de stupéfaction totale.

Les chars d'Imerix jaillirent de la ville et se précipitèrent sur l'ennemi. Dans un tumulte de cris, les Ligures bondirent vers leurs armes et tentèrent de s'opposer à cette masse déferlante. Leurs premières lignes furent culbutées. Les attaquants s'enfoncèrent dans le campement tel un fer de lance, séparant les guerriers de leurs chevaux. La cavalerie de Catumandus arriva par l'est et fendit l'armée de Comanos en deux.

— Aux radeaux ! s'égosilla le roi ligure. Et rattrapez vos bêtes !

Ses fantassins s'assemblèrent autour de lui et, à grands fracas d'armes, ils réussirent à se frayer un passage vers la mer. Mais, comme ils arrivaient au pied de la colline, la troupe d'Hermès s'arracha du sous-bois et dévala la pente en hurlant et en agitant des lances et des épées. Comanos soutint le choc. Ses hommes luttèrent avec l'énergie du désespoir et reprirent même un léger avantage, repoussant les Salyens à la limite des arbres.

Massalia se battait de toutes ses griffes alors que son époux, un peu en retrait, veillait surtout sur Tirya, lui évitant de prendre des mauvais coups. La jeune Gauloise enrageait de voir Hermès porter tant d'attentions à sa rivale alors que l'ennemi commençait à les déborder par les flancs. Occupés à tourbillonner autour des îlots de résistance, son père et les autres chefs ne remarquaient pas que le groupe d'Hermès faiblissait et reculait pas à pas. Massalia avisa tout à coup une brèche dans la ligne ennemie. Et au cœur de la faille : Comanos ! Elle s'élança avec un rugissement terrible, son arme brandie à deux mains au-dessus de sa tête, et plongea au milieu des Ligures. Comanos l'aperçut et releva son épée. Massalia arriva sur lui. Elle gonfla ses poumons pour donner plus de force à son coup. Le roi se fendit en avant. Il poussa sa lame entre deux plaquettes métalliques qui renforçaient la tunique de Massalia, et lui perça la poitrine. La jeune femme ouvrit une bouche démesurée, resta figée quelques secondes, puis elle tomba à la renverse.

— Nooonnn !

Au hurlement d'Hermès, Comanos se retourna. Il n'eut que le temps d'entrevoir le jeune Grec dans la mêlée, une lance au poing. Le fer lui traversa le ventre entre la ceinture et la cuirasse. Le Ligure se plia en deux, hoqueta, les mains crispées sur la hampe. Puis il bascula sur le flanc.

Une phrase s'envola, sauta d'un groupe à l'autre et enfla en clameur jusque devant Phocée.

— Comanos est mort ! Comanos est mort !

Les épées cessèrent de tinter, les bras s'abaissèrent, les visages se tournèrent vers la colline. Imerix poussa un formidable cri de victoire repris par tous les siens et souligné par une trépidation en haut des murailles. Privés de chef de guerre, les Ligures et leurs alliés lâchèrent leurs armes. Tête basse, sous les huées des vainqueurs, ils entreprirent ensuite de ramasser leurs morts pour les coucher dans les chars ou en travers de leurs chevaux.

Agenouillés à côté de Massalia, Hermès et Tirya fixaient la princesse salyenne comme s'ils s'attendaient à ce qu'elle ouvre les yeux et leur parle. Les deux jeunes gens échangèrent un regard, puis Hermès se pencha et embrassa les lèvres de la morte.

Des bûchers funéraires avaient été dressés devant Phocée, et les corps étendus par-dessus avec leurs armes. Portée par son père et son époux, la dépouille de Massalia fut placée sur l'un d'eux. Habillée avec ses vêtements de fête, la jeune femme reposait à côté de son cheval qu'on venait d'égorger afin qu'il l'accompagne au paradis des braves. On démonta un char, on le plaça autour d'elle et on la recouvrit de son bouclier. Imerix et Hermès fichèrent les premières torches entre les bûches, puis chaque famille des Mayans vint jeter un brandon pour honorer la fille de son roi. Quand Gyptis et les plus hauts magistrats de la ville approchèrent, leur flambeau à la main, la vieille princesse éleva sa flamme et clama bien haut pour couvrir le ronflement du brasier :

— Comme tant d'autres, Massalia a sacrifié sa vie pour sauver notre ville. En sa mémoire, en leur mémoire à tous, je propose que l'on donne son nom à Phocée !

Alcis reçut l'approbation des timouques qui l'accompagnaient.

— Qu'il en soit ainsi ! déclara-t-il en lançant sa torche. Phocée s'appelle désormais Massalia !

Le barde Taliesin pinça les cordes de son laüt et il entonna un vibrant hommage aux disparus. Les bûchers brûlèrent tout le jour, puis les familles recueillirent les cendres de leurs défunts. Imerix offrit l'urne à Hermès.

— Massalia doit rester en terre salyenne, annonça le jeune Grec en la lui rendant.

Le roi eut l'air surpris.

— Tu nous quittes ? Tu es toujours mon fils, ne l'oublie pas ! Ta place est aux Mayans ! Rien ne t'empêche de garder Tirya auprès de toi.

Gyptis posa sa main sur le bras d'Imerix.

— Ne l'arrache pas à sa famille ! Tu connais le malheur d'un père qui n'a plus son enfant.

— C'est toi qui dis cela ? Que sais-tu de la douleur d'un parent ? Si je perds Hermès, c'est comme si je perdais ma fille une deuxième fois.

— C'est un fils prisonnier que vous voulez auprès de vous ? intervint Tirya. Un héritier qui traînera sa vie comme on traîne ses chaînes ? Massalia est libre auprès des dieux. N'emplissez pas votre maison des soupirs et des plaintes de celui qu'elle avait choisi pour époux !

Les yeux du roi sautèrent de Tirya à Hermès. Il émit une espèce de grognement, comme pour marquer sa décision, ouvrit l'urne et saisit une poignée de cendres.

— Alors qu'elle l'accompagne partout où il ira !

Il écarta les doigts. Les cendres s'échappèrent en minces filets qui se dispersèrent dans le vent.

Le lendemain, les Massaliètes[1] offrirent un grand festin auquel furent conviés tous les défenseurs de la ville. Les tables avaient été dressées en cercle dans la partie située au nord, là où les réfugiés des Mayans s'étaient établis en attendant de reconstruire leur village incendié. Taliesin chanta les exploits de ceux qui avaient péri au combat, et nombre de cornes à boire se vidèrent en leur honneur. Hermès et Tirya étaient assis entre Imerix et Gyptis, et ce fut Erianos qui les servit.

— En attendant de repartir sur les vaisseaux de secours — quand ils arriveront — , je vous offre l'hospitalité, proposa Gyptis à Tirya et Hermès. Je vous demanderai simplement de m'aider à traire les chèvres, ramasser du bois et le porter dans la réserve, puiser de l'eau à la fontaine, moudre le grain et pétrir la pâte, laver le linge, sarcler le potager et arroser les fleurs, courir au marché...

La longue énumération des travaux se perdit dans le nouveau chant de Taliesin.

Les feux du soir sur Massalia
sont les cheveux d' la fill' du roi.

1. Nouveau nom des habitants de Massalia.

Ils se répand' en coulées d'or
poussés par le grand vent du nord
afin que nul n'oublie la belle
qui défendit la citadelle.
Les feux du soir sur Massalia
sont les cheveux d'la fill' du roi...

19

L'ARME DE MAÂT

À Saïs, Ménélas rendit les derniers rouleaux de papyrus à Maître Hamza, le chef de la Maison de Vie, puis il relut sa liste.

— Horeb, Iymerou, Potasimto, Hétep, Ouahankh...

Elle comportait près d'une centaine de noms, abstraction faite des officiers qui étaient décédés. Certains étaient encore en poste dans les villes de Haute-Nubie, les autres jouissaient d'une retraite paisible sur un domaine que leur avaient attribué Apriès ou Amasis.

— Où en est Kâ dans ses recherches ? demanda Ménélas en s'étirant, fatigué d'être plié depuis plusieurs jours sur ses lectures, sa palette sur les genoux et le calame à la main.

— Il n'a pas terminé, répondit Maître Hamza. Il y a eu beaucoup de mouvements de fonctionnaires au pays de Kouch, qu'ils soient affectés au service des grains, de la navigation, du contrôle des marchandises ou...

— Alors pourquoi n'est-il pas là ce matin, à s'user les yeux comme moi ?

— Il m'a fait prévenir qu'il ne viendrait pas aujourd'hui. Une affaire le retient dans un village de pêcheurs, au nord de la ville.

— C'est en rapport avec la fille de Nata?

— Je ne sais pas, s'excusa Maître Hamza. Je n'ai pas d'oreilles sous mes semelles[1].

— Cela t'évite ainsi d'avoir mal à la tête.

— Mes élèves s'en chargent suffisamment. La dernière fois, ils...

Ménélas leva la main pour briser la discussion. Les facéties quotidiennes des enfants à qui Maître Hamza apprenait la science des hiéroglyphes ne l'intéressaient pas.

★
★ ★

Pressée de questions, incapable d'aligner deux réponses cohérentes, la fille de Nata avait éclaté en sanglots et fini par tout avouer : sa participation à l'enlèvement de la princesse et de son ami, et la peur qu'elle avait ressentie en voyant sa complice amener un policier jusque chez elle, peur qui avait déterminé le double meurtre.

Kâ et ses hommes investirent son village et arrêtèrent l'un des assassins — lequel était alors occupé à réparer sa bachole. Quand le deuxième, en train de pêcher, aperçut les policiers sur l'autre rive, il comprit que la fille de Nata les avait dénoncés. Il regagna la berge, courut vers sa cahute pour emporter quelques affaires afin de se réfugier dans les marais, mais un groupe armé l'y attendait. Il sauta alors dans le fleuve, espérant s'échapper en nageant dans le

1. Expression qui signifie : « Je ne laisse pas traîner mes oreilles partout. »

sens du courant. Trois flèches sifflèrent. L'une d'elles le frappa dans le dos, le tuant net.

Laissant ses hommes emmener leur prisonnier en ville pour l'enfermer jusqu'à son jugement, Kâ se rendit ensuite à la cabane que la marchande de lotus partageait avec son père. Le vieux pêcheur était assis sur le seuil, immobile, l'air absent. Il leva à peine les yeux quand le chef de la sécurité s'arrêta devant lui.

— Ta fille est accusée d'enlèvement et de meurtre. Elle sera certainement condamnée à mort. Elle a livré le nom des assassins de mon policier et de la danseuse, mais elle prétend ne pas connaître ceux qui l'ont accompagnée en barque jusqu'à Pegwti. Tu les connais, toi, tu les as vus. Qui sont-ils ?

— Je n'ai vu personne, assura Nata. Ma fille, tout comme ma femme d'ailleurs, avait l'habitude de mener ses affaires seule. Elle partait de la maison et revenait des jours plus tard sans me fournir d'explications.

— C'est peut-être parce que tu n'en demandais pas. C'est le rôle d'un père et d'un mari de savoir ce que font ses femmes.

— Oh, j'ai bien assez à m'occuper avec ma barque, mon filet et mes poissons. Mon bonheur, je le trouve au fil de l'eau, répondit le vieil homme d'une voix traînante.

— Que te reste-t-il aujourd'hui ? Une fille criminelle, une femme... au fait, où est-elle, ton épouse ? Je n'entends aucun bruit à l'intérieur de ta maison.

— Sédeinga est morte depuis peu, mordue par un cobra dans le jardin de Vent du Nord.

— Qui est-ce ? s'étonna Kâ.

— Je n'en ai aucune idée. Ma femme lui a fourni

des herbes médicinales. Elle a passé du temps à les lui préparer dans la resserre.

— Qu'y a-t-il à préparer sinon à les laisser sécher ?

Nata fit une moue, signifiant qu'il ignorait ce que sa femme concoctait dans son réduit.

— Je suis venu récupérer les bijoux qui ont servi à payer ta fille, poursuivit l'officier. Elle prétend qu'ils sont chez elle.

— Les bijoux ? Quels bijoux ?

— Laisse, soupira Kâ en lui donnant une tape sur l'épaule, je vais les trouver moi-même.

Il s'apprêtait à entrer dans la cabane quand il se ravisa. Si Nata n'était jamais tombé dessus, c'est que sa fille avait dû les dissimuler ailleurs, dans un endroit où son père n'avait pas l'habitude d'aller. Pour un bracelet, sa femme s'était peut-être rendu complice de sa fille ? Kâ choisit donc de commencer par la petite remise. L'endroit se composait d'une planche reposant sur des billots de bois et de perches suspendues sous un appentis, le tout entouré par des claies en roseaux. Kâ parcourut du regard les grappes de fleurs accrochées au bout d'un fil, mais son attention se porta soudain sur une brassée de plantes dépourvues de leurs feuilles. « De la ciguë ! Sédeinga a utilisé les feuilles pour produire du poison ! Je comprends pourquoi elle restait de longs moments ici. Ce serait donc de la cicutine qu'elle aurait livrée à ce Vent du Nord. Mais qu'est-ce qu'il voulait en faire ? » Kâ découvrit quelques fioles vides, renversa des pots qui contenaient des poudres et des onguents. L'un d'eux rendit un collier de perles d'or...

*
* *

Pharaon reçut Kâ et Ménélas dans son jardin, près du bassin des crocodiles. Deux hommes munis de longs crochets présentaient des quartiers de viande au-dessus de l'eau. Les gueules jaillissaient alors, grandes ouvertes, et happaient les morceaux d'un claquement de mâchoires. Ménélas remit sa liste.

— Il y a un nom que je n'ai pas inscrit, indiqua-t-il.

Pharaon posa sur lui un œil interrogateur.

— C'est le tien. Tu as participé au siège de Napata.

Amasis acquiesça d'un mouvement de tête et lut la série de noms.

— Il va falloir enquêter discrètement auprès de chacun d'eux, dit-il. Cela va prendre du temps. Et toi, où en es-tu ?

La question s'adressait à Kâ.

— Je n'ai pas encore terminé de décortiquer toutes les archives, s'excusa le chef de la sécurité.

— Alors pourquoi es-tu là ?

— J'ai découvert des éléments troublants chez Nata, le père de la marchande de lotus. Sa femme a été tuée par un cobra alors qu'elle apportait des herbes médicinales à...

— Cela arrive, grommela Pharaon. Des gens sont bien tombés dans le bassin aux crocodiles.

— J'ai de bonnes raisons de croire qu'elle a fourni son client en poison plutôt qu'en remèdes destinés à soulager le ventre.

— L'individu aura voulu se débarrasser de ses rats.

— Avec de l'extrait de ciguë ? C'est un poison que l'on boit.

— Quel est le rapport avec notre affaire ?

— Il n'y en a peut-être aucun, admit Kâ, mais les douleurs de la reine ont commencé peu après la livraison du poison et la mort de la pourvoyeuse.

— As-tu la preuve que c'est bien du poison qu'elle a livré à... à qui déjà ? demanda Ménélas.

— Non. Je peux me tromper mais je vais néanmoins ouvrir une enquête sur ce Vent du Nord.

— Quel drôle de nom !

— Vent du Nord ? s'exclama Pharaon. C'est le surnom que portait le général Potasimto à l'époque de la guerre contre les Kouchites. Ses officiers et ses soldats sont tous morts ou à la retraite. J'étais le plus jeune à l'assister.

— Son nom figure sur la liste, forcément, déclara Ménélas. Les papyrus qui le concernent font mention de pillages de tombeaux alors qu'il pacifiait la région. Des voleurs et des trésors jamais retrouvés...

Amasis se rembrunit.

— J'avoue que la coïncidence est troublante. Va chercher le médecin de la reine, j'ai quelques questions à lui poser.

Ménélas s'empressa de ramener l'homme qui était au chevet de la reine.

— Quels sont les effets de la cicutine ? interrogea Pharaon comme le médecin essayait de retrouver son souffle après avoir couru.

— Des douleurs dans les intestins, des troubles de la sensibilité, une fatigue intense et des malaises, une paralysie des membres et de la langue, une baisse de la tension artérielle, enfin un arrêt de la respiration qui entraîne la mort par asphyxie.

— As-tu observé cela chez Méryt-Ahmès ?

— Les symptômes y ressemblent, en effet. C'est pourquoi je lui administre un purgatif salin à chacune de ses crises. Mais il n'est pas certain que ce soit un empoisonnement par la ciguë car les douleurs gastriques devraient être moins vives dans ce cas. À moins d'envisager l'hypothèse qu'on attente à la vie de la reine par de faibles doses distribuées de façon sporadiques et mélangées à une quantité infime d'arsenic afin d'accentuer sa souffrance.

— Quel est l'antidote ?

— Il n'y en a pas. On peut cependant pallier les effets paralysants avec des stimulants comme l'éphédrine ou le camphre menthé.

— Agis comme si la reine avait ingéré de la cicutine ! conseilla Pharaon. Quant à toi, Kâ, investis sans tarder la demeure de Potasimto ! Recherche le poison et les bijoux nubiens ! S'il s'avère qu'il est innocent, j'irai personnellement lui présenter des excuses et j'agrandirai son domaine d'une surface égale à ce qu'il possède déjà.

Ménélas émit pourtant une réserve.

— Potasimto ne s'est jamais présenté au palais. S'il existe, le poison est entre les mains de quelqu'un d'autre. Quelqu'un qui a toute liberté de se déplacer sans attirer l'attention.

*

* *

Affalé sous son figuier, Vent du Nord se demanda ce qui pouvait bien amener le garde de l'entrée dans son jardin. Venait-il encore le déranger parce qu'un bougre quelconque se pressait à sa porte pour quémander une faveur?

— Qu'y a-t-il? grogna-t-il d'un air mécontent. Combien de fois faudra-t-il te répéter que je ne veux pas être dérangé quand ces filles dansent et jouent pour moi? J'ai eu assez de mal à dénicher enfin de vraies artistes!

— Il y a une vieille femme qui désire s'entretenir avec vous, mon général.

— Qu'ai-je à faire d'une antique carcasse? lui jeta Vent du Nord.

— C'est ce que je lui ai répondu, mais elle insiste.

— Lâche les babouins à ses trousses!

— Elle prétend détenir un secret d'Hathor qu'elle aimerait partager avec vous. Je la crois folle. Je vais effectivement lâcher les...

— Attends! l'arrêta le vieil officier. Toute sagesse divine est bonne à entendre...

Il pinça une musicienne à la hanche.

— Et vous, allez donc chanter et vous trémousser devant mes singes! Je les trouve bien endormis depuis quelque temps. Je vous rappellerai quand j'en aurai terminé avec cette femme.

Potasimto se mit à réfléchir pendant que le garde retournait à la porte et que les jeunes filles s'éloignaient. Qui était cette inconnue? L'allusion à Hathor était claire : elle savait qu'il était impliqué dans l'enlèvement de la fille de Pharaon. Avant de mourir, Imef avait-il commis une imprudence qui aurait permis à la vieille de découvrir le lien qui les unissait ? Vent du Nord avait bien expliqué à tout son personnel que son neveu était parti à Thèbes. L'indiscrétion n'était pas sortie de sa maison, il en était persuadé. « Bah, tout s'achète ! se convainquit-il pour se rassurer. Je trouverai le moyen de poser ensuite un cobra sur le chemin de cette profiteuse. Comme pour l'épouse de Nata. » Il prit une grappe de raisin dans le plat posé devant lui et commença à écraser les grains sous ses dents.

« Pouah ! C'est une momie de crocodile ! » ne put-il s'empêcher de penser en voyant Awab s'avancer vers lui.

— Ainsi donc, les dieux te livrent leurs secrets ! commença-t-il.

La vieille femme se tint devant lui, raide, les yeux baissés.

— J'ai renvoyé mes danseuses, mes musiciennes et mes jardiniers. Tu peux me révéler ton secret.

Awab se mit à parler, mais d'une manière si basse que l'homme ne saisit pas un mot.

— Je ne t'entends pas. Que marmonnes-tu ?

Elle répéta, mais il ne comprit pas davantage.

— Approche ! fit-il, agacé. Et accorde ta bouche à mon oreille !

La vieille femme se pencha vers lui, les lèvres près de son épaule.

— Ce n'est pas Hathor, mais Maât qui m'envoie, souffla-t-elle.

— Maât ? Tu fais allusion à la déesse ou à une femme ? Et que cherches-tu sous ton pagne ?

Awab extirpa une plume d'oie et la tendit au général.

— Il y a quelque chose d'écrit dessus. Ça te concerne.

Vent du Nord la tourna et la retourna entre ses doigts.

— Je ne vois rien, grogna-t-il. Tu te moques de...

Sa phrase finit en gargouillement. D'un geste vif, et profitant de ce que l'homme avait les yeux fixés sur la plume, Awab avait empoigné le couteau attaché sous sa cuisse et l'avait enfoncé jusqu'à la garde dans le ventre de Potasimto. Elle l'attrapa par les cheveux, le retenant de tomber.

— Pour toi, je suis Maât, la déesse de la Justice. Je suis venue venger le Sauvage et tous ceux que tu as fait assassiner. Au tribunal d'Osiris, ton âme finira sous les crocs de la Dévoreuse.

Elle le lâcha. Il s'inclina en avant, comme s'il essayait d'embrasser ses genoux, et s'affala sur le sol au moment où Kâ et ses policiers faisaient irruption dans le jardin.

— Je ne veux pas... payer seul... balbutia Vent du Nord. J'ai obéi à... à Phanès.

Mais Awab n'était déjà plus auprès de lui pour recueillir sa confession, et Kâ encore trop loin pour l'entendre. Vent du Nord expira, la bouche pleine de terre pour avoir voulu soulager son âme.

20

PAROLES

— Alors elle va guérir maintenant, Méryt-Ahmès ?

Sehouna courait dans le couloir devant Pharaon. Encadré par son escorte et flanqué de Ménélas, Amasis se rendait à la salle du conseil où l'attendaient déjà ses conseillers, ses généraux ainsi que les messagers de retour d'Orient.

— Depuis qu'on lui administre les bons remèdes, son état s'améliore, lui apprit Pharaon. Tu peux aller la voir, mais n'emmène ni ton singe, ni ta mangouste, ni aucune des bestioles qui peuplent mon jardin.

— Phanès assure désormais la sécurité de la reine, ajouta Ménélas. Il va jusqu'aux cuisines pour surveiller la confection de ses repas. S'il te refuse l'accès aux appartements royaux, dis-lui que tu as l'autorisation de Pharaon.

La gamine fit un bond de joie et repartit en sens inverse en sautillant à cloche-pied.

Les lourds battants de bois de la salle du conseil se refermèrent derrière Pharaon avec un grondement qui résonna dans toute l'aile du palais. Amasis marcha vers son trône pendant que les gardes se répartissaient le long des murs, entre les fenêtres en claustras. Ménélas resta debout à côté de son roi, face aux officiers et aux hauts fonctionnaires courbés devant le trône.

— Quelles nouvelles m'apporte-t-on de la Lydie ? demanda Amasis dès qu'il se fut assis.

Un homme fit un pas en avant.

— Crésus veut conquérir l'Orient. Les émissaires qu'il avait envoyés à Delphes pour connaître l'avis de la Pythie ont rapporté que s'il affrontait les Perses, il détruirait un grand empire. Fort de la réponse de l'oracle d'Apollon, le roi de Sardes prépare son pays à la guerre.

— Crésus n'espère quand même pas vaincre Cyrus à lui tout seul ?

— Il a obtenu l'alliance de Babylone. Il souhaite à présent celle de l'Égypte.

Amasis guetta la réaction de ses conseillers.

— Crésus et Cyrus sont tous deux dévorés d'ambition, releva Nekharê, le chef de la Maison Blanche responsable des finances. S'ils se dressent l'un contre l'autre, ils risquent de se détruire mutuellement, et l'Orient retrouvera un semblant de paix.

— Le roi des Perses lorgne sur l'Occident, rappela un général. Et nous sommes compris dans ses rêves de conquêtes. Notre intérêt est de nous joindre à Crésus. Babylone a déjà choisi son camp.

Un autre officier émit une objection.

— Si Crésus l'emporte, grisé par ses succès, ne risque-t-il pas de se retourner contre nous ?

— Cela arrivera plus sûrement si nous nous rallions aux Perses ou si nous lui refusons notre aide.

— Il est hors de question de grossir les forces de Cyrus, décréta Pharaon. Chypre est notre alliée, de même que l'île de Samos. Leurs positions stratégiques nous portent plus du côté de Sardes que de Pasargades.

Tous opinèrent, d'accord avec lui.

— Le temps nous est compté, intervint l'espion qu'Amasis avait envoyé chez les Perses. Quand j'ai quitté sa capitale, Cyrus s'apprêtait à sortir de Pasargades avec une formidable armée. Qui sait s'il n'est pas déjà devant les portes de Babylone ?

— Si c'est le cas, la ville va lui tomber dans la main tel un fruit mûr, commenta Ménélas. Avec un allié en moins, Crésus va se sentir comme s'il avait perdu un bras. Il va nous presser de nous rallier à lui.

— Je vais dépêcher un ambassadeur à Sardes, chez Crésus, avec un contingent d'archers et un corps de fantassins, annonça Pharaon. Que les garnisons établies dans les villes frontières à l'est du Delta soient maintenues en état d'alerte ! Activez la production d'armes et de chars ! Quel est l'état de nos greniers ?

— Nous avons de quoi soutenir un siège, assura Negeb, le chef de la Maison des Grains.

Amasis étudia les hommes devant lui. Ils avaient l'air décidés à le suivre dans la guerre contre les Perses, mais il ne put s'empêcher de penser qu'il y avait peut-être un traître parmi eux. Aucune trace de poison n'avait été retrouvée chez Potasimto. Et n'eût été le témoignage de la vieille Awab arrêtée sur le lieu de son crime, nul n'aurait pu prouver qu'il avait participé à l'enlèvement de Tirya et d'Hermès. Tout au plus aurait-on pu inculper le vieux général pour avoir fait main basse sur les trésors des pyramides nubiennes. « Quelle main a servi le poison à Méryt-Ahmès ? Il faudra une vigilance de tous les instants pour contrer une nouvelle tentative. Le danger est aussi grand à l'intérieur de ce palais qu'à l'extérieur de nos frontières. » Ses pensées l'amenèrent à Tirya. L'expédition mettait bien du temps à rentrer.

— A-t-on des nouvelles de mes navires envoyés à l'île des Sicules ?

Les officiers secouèrent la tête. Le retour des vaisseaux n'étaient toujours pas signalé. Quant au *Fil d'Ariane*, il semblait avoir totalement disparu de la surface des mers.

*
* *

L'homme de guet cligna des yeux : le soleil de midi lui jouait-il des tours, ou étaient-ce deux voiles blanches qui brillaient au loin sur le Nil ? Il attendit pour être sûr, puis il emboucha sa trompe et sonna quatre fois, selon le code convenu. Aussitôt tout Saïs apprit que les deux navires de guerre rentraient de Syracuse. Mais ramenaient-ils la fille de Pharaon ?

Sehouna traversa le jardin comme une folle et grimpa l'escalier qui conduisait au chemin de ronde. Amasis et Ménélas étaient déjà campés au-dessus de la porte Nord, et ils surveillaient la rue qui reliait le palais au port. La gamine se faufila entre les deux hommes et se pencha au créneau.

— Tirya et Hermès sont-ils enfin de retour ? demanda-t-elle.

Aucun ne répondit. Ménélas l'attrapa par l'épaule et la fit reculer, mais elle trouva le moyen de se glisser à nouveau devant eux pour regarder du côté du port. L'attente devint insupportable, d'une longueur extrême.

— Il faut laisser aux bateaux le temps de manœuvrer, expliquait Ménélas, de s'amarrer au quai, de jeter la passerelle...

Pharaon ne disait rien, mais Sehouna sentait qu'il était tendu. Deux chars apparurent enfin au bout de la rue.

— Deux ? se réjouit Pharaon. Alors c'est qu'ils les ont trouvés !

En effet, debout chacun dans une nacelle à côté du maître d'attelage, Tirya et Hermès franchirent le portail de l'enceinte sous les acclamations de la foule et des soldats.

— Cours devant eux, proposa Amasis à Sehouna, et dis-leur de me rejoindre sous le grand acacia !... Je courrais bien moi-même à leur rencontre, ajouta-t-il à l'intention de Ménélas en regardant la petite dévaler les marches, mais cela ne sied guère à Pharaon.

Quand ils furent tous réunis dans le jardin, Amasis pressa longuement sa fille contre lui. Il remarqua tout de suite, cependant, que quelque chose avait changé dans les yeux des deux jeunes gens.

— Vous étiez prisonniers des Sicules, commença-t-il.

— Pas vraiment, corrigea Tirya. Nous étions en Gaule. C'est au retour que le navire qui nous ramenait a fait halte à Syracuse, où nous avons aperçu tes vaisseaux. Nous avons changé de bord, et voilà !

— Tu portes un précieux bijou, nota Ménélas en avisant le torque d'or au cou d'Hermès.

— Hermès est devenu roi d'une tribu celte, rapporta Tirya. Enfin presque... Il s'est même marié.

— Marié ? s'étrangla Sehouna. Tu t'es marié avec Tirya ?

— Avec une princesse celte, corrigea Hermès. Mais elle a été tuée au cours d'un combat. Je te raconterai plus tard.

Pharaon ne cacha pas sa surprise, mais il réagit très vite.

— Tu n'as donc plus aucune raison de rechigner à t'unir à ton demi-frère Psammétique, releva-t-il en regardant sa fille.

— Plus que jamais ! s'écria Tirya. Ce qui s'est passé en Gaule s'est envolé avec les cendres de Massalia, la princesse qu'Hermès a été contraint d'épouser. Nos sentiments sont toujours aussi forts l'un pour l'autre. C'est Hermès que je désire prendre pour mari !

— Tu te rends compte que tu préfères ton ami au trône d'Isis ! gronda Amasis.

— En tant que père, tu devrais aspirer à mon bonheur ! riposta Tirya en haussant le ton.

— Un de mes projets les plus chers est de resserrer le pouvoir autour de notre famille, je te l'avais déjà annoncé.

— Demande à Cyrus de t'envoyer sa fille Roxane afin de l'unir à Psam ! rétorqua Tirya. Tu resserreras ainsi la paix autour de l'Égypte.

— Ce n'est pas une mauvaise idée, reconnut Ménélas, décidé à prendre le parti de la jeune fille. Chacun ici sait bien qu'Hermès et Tirya s'aiment. Tu connais assez ta fille pour te douter qu'elle s'enfuira plutôt que d'épouser son demi-frère. Si tu t'entêtes, elle ne reviendra jamais.

— Toi, je vais te muter dans une quelconque

garnison au plus profond du désert ! s'emporta Pharaon, reportant sa colère sur l'officier.

— Oh là là ! s'exclama Sehouna. Je vais regretter les hurlements de Sethounout. Moi qui étais si contente de revoir Tirya et Hermès, et d'écouter le récit de leurs aventures !

Amasis lui jeta un regard noir. La fillette se mordit la langue et rentra la tête dans ses épaules, souhaitant disparaître dans le sol. Pharaon inspira à fond pour s'obliger au calme.

— Nous reparlerons de cela plus tard.

— C'est inutile, tout est dit ! assena Tirya. Rien ni personne ne me fera changer d'avis.

— J'ai beaucoup d'estime pour Hermès, mais...

— Je ne veux pas épouser Tirya parce qu'elle est fille de Pharaon, se défendit le jeune homme. Je ne cherche pas les honneurs. Mon amour pour elle est sincère.

Amasis fit taire ce qu'il avait encore sur le cœur. Tout ce qu'il aurait pu rajouter ne changerait plus rien. Et puis Ménélas avait raison : l'intérêt que se portaient Tirya et Hermès ne datait pas d'hier, ce n'était un secret pour personne. D'autre part, lier sa famille à celle de Cyrus pouvait se révéler bénéfique pour l'Égypte. Cette idée l'avait déjà effleuré, mais il voyait Roxane en seconde épouse... Tirya sentit une faille à travers le silence de son père. Elle s'y engouffra.

— J'espère que vous avez découvert qui nous avait enlevés ! Et pourquoi !

— C'est un vieux général, Potasimto, qui a manigancé l'affaire. Nous avons arrêté les deux femmes qui ont tenu le rôle des déesses agitant les « mains d'Hathor » au-dessus de vos sarcophages. L'une, une danseuse, a été tuée; l'autre, la fille d'une empoisonneuse, a été condamnée à mort par la kenebet. Mais aucune n'a pu dénoncer les autres complices car elles ne les connaissaient pas.

Ménélas poursuivit :

— Nous avons appris par la bouche d'une vieille femme que Potasimto avait assassiné ses deux acolytes : le Sauvage et un autre homme dont nous ignorons toujours l'identité. Ce sont eux qui vous avaient assommés et transportés dans le hangar en ruine. Hélas, nous n'avons toujours pas retrouvé les rameurs de la barque d'Hathor.

— Eh bien, faites parler le général ! s'exclama Tirya.

— Il est mort, dit Amasis. Tué par la vieille Awab qui a voulu venger son fils, le Sauvage.

— Qu'est-elle devenue, elle ?

— Elle a été relâchée. La kenebet a estimé que son acte était commandé par l'amour qu'une mère voue à son fils.

— Les causes de notre enlèvement demeurent donc toujours aussi obscures, résuma Hermès.

Fatiguée de ce discours d'adultes, Sehouna préféra s'éclipser pour aller taquiner les oies. Elle trouverait plus tard l'occasion de questionner ses deux amis sur leur extraordinaire odyssée en Gaule. Pharaon décida de suivre l'allée qui menait au fond du jardin, vers le pavillon aux lotus bleus. Ménélas et les jeunes gens lui emboîtèrent le pas.

— Potasimto n'était pas le seul responsable, reprit Amasis. Un de ses complices vit au palais, et il a déjà attenté à la vie de la reine.

— Il s'agirait donc d'une vengeance, comprit Tirya. Il est surprenant que ni Psam ni toi n'ayez été victimes de ses méfaits.

— L'assassin distille son poison à petites doses, dit Ménélas. Il compte sans doute s'attaquer à Pharaon et à son fils après la mort de Méryt-Ahmès.

— C'est une vengeance de serpent, souligna Tirya. Je soupçonne fortement Ninétis d'avoir laissé des instructions à un de ses fidèles avant de partir pour Pasargades.

— L'ennui, c'est que nous ne le connaissons pas, soupira Amasis en marchant à l'ombre des palmiers doum.

— Il risque de s'en prendre à Tirya maintenant qu'elle est de retour, fit observer Hermès.

— Des Hommes de Bronze assureront votre protection. Phanès veille déjà sur la reine et sur son fils, précisa Ménélas comme Tirya s'apprêtait à poser la question.

— Il semble que le poison ait cessé de couler, annonça Amasis. L'assassin ne doit plus être libre de ses mouvements.

— Si Kâ et Ménélas s'avèrent incapables de trouver le coupable, qu'attends-tu pour confier l'enquête à Sehouna ? demanda Tirya d'une voix espiègle.

— Je comptais la donner à son singe.

Ménélas fit grise mine. Le ton n'était pas celui de la plaisanterie. Tirya prit Hermès par la main.

— Allons voir Méryt-Ahmès et Psam ! Ensuite, si mon père nous tend une oreille attentive, nous pourrons lui raconter tout ce qui nous est arrivé.

La jeune fille entraîna son ami vers les appartements royaux.

— Tu meurs d'envie de les suivre, remarqua Ménélas. Et tu ne sais pas comment leur montrer que tu les aimes.

— Contente-toi de veiller à ma sécurité, ronchonna Amasis. Je ne te demande pas en plus d'entrer dans mon cœur.

Un épouvantable cacardement s'envola tout à coup du jardin. Sehouna venait de pousser une charge contre les oies.

— En voilà une qui a oublié de grandir, releva Pharaon. Dans un certain sens, c'est reposant.

21

QUAND PASSE SEHOUNA...

Phanès pestait. Depuis qu'il avait été affecté à la protection de la reine et de son fils, l'officier grec ne pouvait plus rien tenter contre eux sans risquer d'être immédiatement mis en cause. De plus, il n'avait pu mener à bien sa mission puisque Tirya et Hermès étaient revenus d'au-delà des mers. S'il n'arrivait pas à éliminer la famille royale, sa tête serait la première à tomber quand les Perses s'empareraient de l'Égypte. En faction devant la chambre de Méryt-Ahmès, il ressassait son dépit lorsque deux Hommes de Bronze remontèrent le couloir dans sa direction.

— Pharaon nous a ordonné de te remplacer, annonça l'un des gardes comme Phanès s'étonnait de les voir s'arrêter devant lui. Il te demande d'urgence dans la salle du conseil.

L'homme fronça les sourcils. Que lui voulait Amasis ? Avait-il eu vent de quelque chose le concernant? « Si je tente de m'enfuir, je me désigne moi-même comme étant le coupable, réfléchit-il. Et puis cela n'a peut-être aucun rapport avec cette affaire. » Tout en longeant le couloir, il se persuada qu'il ne risquait rien : en effet, si des soupçons avaient pesé sur lui, c'est un groupe armé qui l'aurait arrêté.

Lorsqu'il entra dans la salle, des officiers étaient déjà rassemblés devant le trône. Ses yeux sautèrent tout de suite sur Tirya et Hermès. Phanès accusa le choc. « Que font-ils là, ces deux-là ? Auraient-ils appris quelque chose pendant leur captivité ? » La peur lui noua la gorge. Mais quand il alla se placer à côté de Tirya, l'absence de réaction de la jeune fille le rassura un peu. « Elle n'a pas cillé. Hermès non plus. Je crois que je peux me détendre. »

Pharaon embrassa la salle du regard, puis il commença :

— Deux contingents sont prêts à partir pour la Lydie, chacun sous la conduite de leurs officiers. Mais le commandement suprême, je le remets à Phanès ! C'est lui qui sera chargé de coordonner l'action des archers et des fantassins.

Phanès croisa ses mains sur sa poitrine et s'inclina devant son souverain. Une joie terrible l'habitait, qui lui donnait presque l'impression de pouvoir voler. Pharaon poursuivit :

— D'autre part, je veux dépêcher un ambassadeur à Sardes, qui me rendra compte de tout ce qui se passe à la cour de Crésus. J'ai décidé de nommer Hermès à ce poste. Il quittera donc l'Égypte avec la flotte de Phanès.

— Et il n'oubliera pas de m'emmener avec lui ! compléta Tirya.

Amasis eut un petit mouvement de la tête, marquant son accord. Il régla les détails de l'expédition avec les officiers concernés, et enjoignit aux autres d'accélérer l'entraînement des recrues et de vérifier l'état des armes et des chars. Après quoi il congédia son état-major.

— C'est une excellente idée d'avoir permis à ta fille d'accompagner Hermès à Sardes, indiqua Ménélas. À eux deux, ils...

— Crois-tu vraiment que j'avais le choix ?

— Non, admit le Grec. Mais je me demande si tu n'as pas offert ce poste à Hermès dans le seul but d'envoyer Tirya chez Crésus. Elle est plus douée qu'Hermès pour surprendre les secrets de cour, et tu la soustrais du même coup au scorpion qui rôde dans ce palais.

— Tu deviens très perspicace, mon ami... Par ailleurs, j'ai promis à Tirya que si Hermès s'acquittait au mieux de sa tâche, je ne m'opposerais pas à ce qu'ils se marient à leur retour.

Deux jours plus tard, le port de Saïs grouillait d'une intense activité. Outre les bateaux de commerce amarrés à quai et que l'on chargeait de produits destinés à l'Orient, quatre navires de guerre captivaient l'attention car deux régiments entiers embarquaient avec armes et matériel.

Au palais, c'était aussi l'effervescence : il fallait transporter à bord des vaisseaux la garde-robe de Tirya complétée des quelques vêtements d'Hermès, ainsi que les nombreux cadeaux destinés à Crésus. Réunis autour de Méryt-Ahmès, dans sa chambre, Tirya et Hermès étaient venus la saluer avant leur départ.

— Je me réjouissais de vous avoir enfin auprès de moi, mais voilà que vous repartez déjà ! Vous avez à peine eu le temps d'aller passer quelques jours à Naucratis, chez les parents d'Hermès.

— Mes fonctions me réclament à Sardes, expliqua le jeune homme.

— Veillez bien l'un sur l'autre ! Ce qui me rassure, je l'avoue, c'est la présence de Phanès à vos côtés. L'assassin n'a plus versé son poison depuis que cet officier me protège. Je me sens beaucoup mieux. D'ailleurs le médecin m'autorise à reprendre mes promenades dans le jardin. Et comble de bonheur, je vais pouvoir m'occuper à nouveau de Psammétique !

— Le serpent se tient toujours dans l'ombre, rappela Tirya. J'espère que Kâ et Ménélas parviendront rapidement à le mettre hors d'état de nuire.

— Phanès aurait dû rester au palais pour continuer à vous protéger, estima Hermès.

— Il a donné ses instructions aux hommes qui le remplacent. Partez sans crainte, et transmettez mes amitiés à Sarnia, l'épouse de Crésus.

Des voix grondèrent soudain de l'autre côté de la porte. Puis l'appel clair de Sehouna :

— Tirya !

Hermès alla ouvrir et permit aux gardes de la laisser entrer. La gamine salua la reine puis sauta au cou de Tirya et d'Hermès.

— Je suis venue te rapporter le scarabée de Néfertari, dit Sehouna en tendant l'amulette à Tirya. Comme tu vas partir, j'ai pensé que tu aurais besoin de sa protection.

— Garde-le, répondit la jeune fille. Cela te fera un souvenir de moi.

— Je préférerais que vous restiez, Hermès et toi. Je vais encore m'ennuyer sans vous.

— À entendre Ménélas et les serviteurs, tu

trouves toujours le moyen de mettre de l'animation dans le palais.

— Je cours après les oies parce que les filles des dignitaires ne veulent pas de moi : elles ne m'aiment pas, elles me chassent quand elles pataugent dans les bassins, sous le prétexte que Totis joue avec leurs vêtements sur la margelle, et qu'après elles n'arrêtent plus de se gratter.

— Lave ton singe plus souvent, lui conseilla Hermès.

— Emmenez-moi avec vous ! Je n'ai jamais vu la Toujours Verte[1].

— Elle est perfide, déclara Hermès. Elle s'étend sous toi, calme et docile, appelant ta confiance, et l'instant d'après elle se soulève et te bouscule sous de grandes lames noires. Ajoute à cela les caprices du vent, les pirates, les requins qui guettent l'instant où tu vas sombrer... Mon estomac se noue rien qu'à la pensée de devoir remonter sur les navires. Qu'est-ce qui nous attend sur la mer, cette fois-ci ?

— Si la mer est si dangereuse, pourquoi ne pars-tu pas à dos d'âne ? répliqua Sehouna.

Elle jeta un regard implorant à Tirya.

— Je me rendrai utile. Je danserai pour vous. On raconte que les Lydiennes sont aussi gracieuses que des oiseaux de mer échoués sur le sable.

Méryt-Ahmès éclata de rire.

— C'est toi qui soutiens cela ! Mais je comprends ton désir de t'évader des murs de ce palais.

La reine fit un signe de tête à l'intention de Tirya. La jeune fille sourit et dit à Sehouna :

1. La mer Méditerranée.

— Hâte-toi d'aller rassembler tes affaires! Les navires n'attendent plus que nous pour appareiller.

La fillette bondit de joie.

— Je vais chercher Totis! s'écria-t-elle en courant vers la porte.

— Emporte aussi un vêtement ou deux! lui lança Hermès. Et n'oublie pas le savon pour ton singe! Retrouve-nous sur le port!

Sehouna se rua à travers les couloirs. Elle aperçut Phanès appuyé à un pilier et qui semblait attendre quelqu'un, puis elle sortit par la terrasse et se précipita dans le jardin.

« Il me reste une dernière chose à accomplir avant de rejoindre mes hommes à bord, ruminait l'officier. Je me suis toujours acquitté des tâches que l'on m'a confiées. » Il discerna des pas dans le couloir : le bruit de semelles légères claquant à un rythme assez rapide, très différent de la marche cadencée des soldats. Il se décolla de la colonne et se campa devant une jeune femme portant un plateau.

— C'est pour Méryt-Ahmès et son fils? lui demanda-t-il.

— Oui. Comme tous les matins, je sers son jus de grenade à la reine, et sa compote à l'enfant.

— Personne ne n'est approché des coupes pendant que tu les préparais?

— Personne! affirma la servante.

— Je vais y goûter néanmoins, par prudence.

Phanès prit la coupe de jus de fruit, l'éleva à ses lèvres, but une gorgée. Une criaillerie d'oies éclata tout à coup dans le jardin.

— Va voir de quoi il s'agit! ordonna Phanès à la jeune femme.

— C'est certainement Sehouna.

— Jette tout de même un œil ! insista-t-il en goûtant une lichée de compote. On ne sait jamais !

Il lui prit le plateau des mains et la suivit des yeux jusqu'à ce qu'elle gagne la terrasse. Alors, très vite, il extirpa une fiole de sous son corselet de cuir et en vida le contenu dans la boisson et dans la compote. « Cette fois, la dose est mortelle, jubila-t-il. Les médecins ne pourront rien pour les sauver. Méryt-Ahmès et Psammétique auront cessé de vivre avant la fin du jour. Les navires seront loin à ce moment-là, et j'ai bien l'intention de ne jamais remettre les pieds à Saïs. »

— C'était effectivement Sehouna, confirma la servante en revenant. Elle courait derrière son singe quand il s'est jeté au milieu d'un troupeau d'oies.

— Tu peux te rendre chez la reine, déclara Phanès, la nourriture est saine : je n'ai décelé aucun arrière-goût de ciguë, d'arsenic ou de venin de cobra. Préviens cependant les gardes qu'il est inutile d'y goûter à nouveau !

— C'est évident ! rit la jeune femme en reprenant son plateau d'osier, sinon il ne va plus rien rester dans les coupes.

Elle remonta la galerie comme Phanès s'éloignait, croisa Tirya et Hermès et s'engagea dans le long couloir qui menait aux appartements royaux.

— Attendez-moi !

« C'est encore Sehouna ! soupira la servante, reconnaissant sa voix. Après qui est-ce qu'elle court à présent ? » Son singe dans les bras, la gamine jaillit d'un corridor qui coupait la galerie à angle droit.

— Ah ! s'écria la jeune femme.

Trop tard pour l'éviter ! La fillette la heurta de plein fouet. Le plateau se renversa. Les deux coupes volèrent en éclats, éclaboussant les dalles.

— Tu ne peux pas faire attention ! pesta la servante en colère.

Totis se débattit pour s'arracher des bras de la fillette et aller lécher la compote.

— Ah non ! se fâcha Sehouna. Tu m'as assez fait perdre de temps ! Tirya et Hermès sont déjà partis, je viens de les voir passer.

— Tu pourrais au moins t'excuser ! fulmina la servante. Et m'aider à nettoyer ça !

— Pas le temps ! On m'envoie danser devant le roi de Lydie !

Sehouna exécuta deux trois pas de danse, puis elle reprit sa course en lançant ses :

— Attendez-moi ! Mais attendez-moi !...

La jeune femme hocha la tête. Il lui fallait retourner aux cuisines et préparer deux autres coupes avant de ramasser les morceaux et de laver le sol. Elle souhaita très fort que les nouveaux gardes de la reine se montrent aussi compétents et aussi dévoués que Phanès. « En voilà un qui va nous manquer, regretta-t-elle. Lui parti, l'empoisonneur va se sentir libre d'agir à sa guise. Je prévois des jours sombres dans les alcôves du palais. »

Les navires quittèrent Saïs à la rame avant de se laisser porter par le courant. Les paysans dans les champs relevèrent la tête de leurs travaux pour les regarder passer tandis que les pêcheurs s'écartaient à grands coups de pagaie. Les villages défilèrent un moment, puis la flottille s'enfonça dans une forêt de papyrus. Debout sur la plate-forme de pilotage du vaisseau de tête, Phanès vit disparaître les pylônes des temples ; les bannières flottant au bout des mâts finirent par se fondre dans la couleur du ciel. « Ninétis peut être satisfaite, gloussa-t-il : le bras de la déesse Ishtar s'est abattu sur la maison de Pharaon. » Ses yeux se posèrent alors sur Tirya, Hermès et Sehouna installés à la proue, et qui avaient l'air d'ouvrir la route aux vaisseaux. « Je ne vous oublie pas, promit-il. Vous n'échapperez pas deux fois à vos chaînes. » Phanès promena un regard de maître sur le navire, embrassant les soldats et l'équipage. Le vent apportait un air marin, un de ces souffles qui poussent à croire que l'on peut devenir l'égal des dieux.

Les principales divinités celtiques

Andarta : déesse de la Victoire, symbolisée par la Grande Ourse.

Arduina : nymphe des Sources, maîtresse de la Forêt et du Gibier.

Belenos : dieu guérisseur, surnom de l'Apollon gaulois sous son aspect solaire.

Belisama : « la Très Brillante », surnom de la Minerve gauloise.

Bodb : la Grande Corneille, déesse de la Guerre (on l'appelle aussi la **Morrigan**).

Brigit : inspiratrice des Arts, déesse des Vierges et des Épouses.

Cernunnos : représenté assis en tailleur, muni de cornes et tenant un torque, c'est le Seigneur des Créatures (dieu de la Terre, de l'Agriculture et des Animaux).

Dagda : « le Dieu Bon », représenté ventripotent, vêtu d'un court manteau, l'air sauvage et armé d'une massue, il est le dieu druide qui commande aux Éléments et maîtrise le Temps.

Diancecht : « Prise Rapide », dieu de la Médecine.

Dispater : le Dieu-Père, grand maître de la Terre. Les Gaulois se prétendent ses descendants.

Épona : déesse protectrice des Chevaux et des

Poulains. Montée sur un cheval, elle est associée à la guerre.

ÉSUS : « le Meilleur », avide de sang humain, est représenté en travailleur, et il est associé à Dagda.

GOIBNIU : dieu des Forgerons, chef des Artisans du Métal.

LUG : dieu suprême, son nom signifie « la Lumière ». Il est le dieu de tous les Arts, mais il possède aussi un aspect obscur qui lui confère de terribles capacités guerrières. Il est surnommé **BEL** sous son aspect solaire, **MANNOIS** sous son autre aspect, qui fait de lui le fils de l'Océan et le dieu souverain de l'Autre Monde.

MIDIR : frère de Dagda et dieu de l'Autre Monde.

OGME : frère de Lug, dieu de la Guerre et inventeur de l'Écriture sacrée. Il symbolise la Force Physique.

OGMIOS : le Conducteur des Morts.

ROSMERTA : déesse de l'Abondance.

SUCELLUS : « le Bon Frappeur », armé d'un maillet, c'est le Jupiter gaulois, dieu du Destin.

TARANIS : le dieu à la roue, représenté avec une tête de cheval, c'est le maître du Ciel et du Tonnerre.

TEUTATÈS : « le Chef du Peuple », protecteur de la Tribu.

De nombreuses divinités gauloises ont un aspect tricéphale, c'est-à-dire trois têtes. Ces triades sont un exemple de la conception celtique suivant laquelle un individu se divise en trois personnes représentant le triple aspect du même personnage. D'autres dieux et déesses sont liés plus spécifiquement à la Nature : dieu des Oiseaux, des Sangliers, des Rivières, des Montagnes... (**VOSEGUS** : dieu des Vosges ; **ARDUINA** : déesse des Ardennes). Les déesses **ROSMERTA**, **NANTOSVELTA**, **DAMONA**, **SIRONA** et d'autres sont les épouses des divinités masculines, et il est difficile de les distinguer des déesses-mères, génitrices des peuples.

Le calendrier celte ne se règle pas sur le soleil, mais sur l'année agraire, sur le début et la fin des travaux agricoles et de l'élevage. L'année se divise en deux saisons primordiales : la saison froide (giamon), qui commence le 1er novembre, et la saison chaude (samon), qui commence le 1er mai. Chaque saison est partagée à son tour en deux trimestres, et des fêtes marquent le début des différentes périodes.

Le 1er février correspond à la naissance des agneaux et l'on commémore ce jour-là la fête d'Imbolc : c'est l'occasion d'honorer la déesse des Troupeaux et de célébrer la fertilité de la Terre. La fête de Beltaine (le feu de Bel) débute le 1er mai : c'est une fête lumineuse où l'on fait traverser des feux de joie aux troupeaux pour les purifier. Le 1er août a lieu la fête de Lugsanad, fête des moissons, dédiée à Lug, le dieu solaire. En son honneur, on se livre à des jeux et à des combats. La dernière saison s'ouvre par une fête célébrée dans la nuit du 31 octobre au 1er novembre. C'est la fête de Samain qui marque l'entrée dans la période sombre de l'année. Durant la nuit, les esprits des morts viennent de l'Autre Monde pour inquiéter les vivants. Aussi pratique-t-on des rites, des sacrifices et des danses sacrées pour les apaiser. Au seuil de la saison stérile qui commence, on offre aux esprits les dîmes prélevées sur le fruit de la saison féconde qui s'achève.

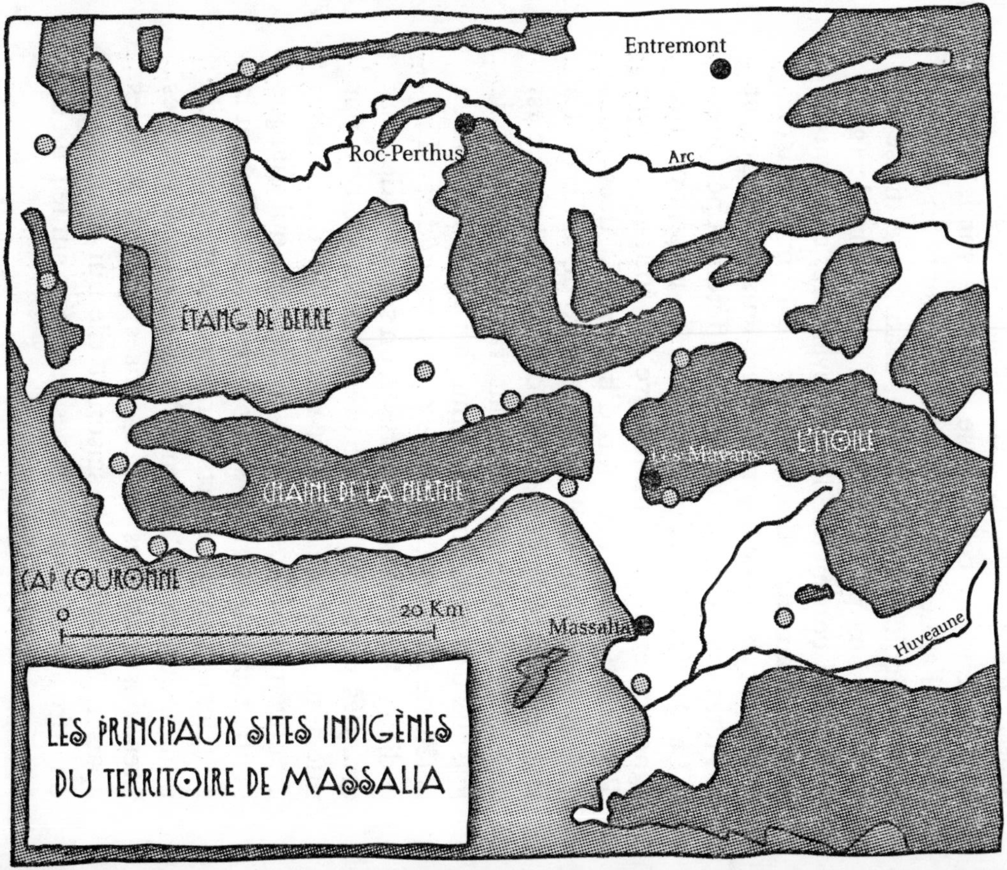

LES PRINCIPAUX SITES INDIGÈNES
DU TERRITOIRE DE MASSALIA

Entremont
Roc-Perthus
Arc
ÉTANG DE BERRE
CHAÎNE DE LA NERTHE
L'ÉTOILE
CAP COURONNE
0
20 Km
Massalia
Huveaune

Autres sites indigènes

DOSSIER

MARSEILLE AU VIᵉ SIÈCLE AVANT J.-C.

De la légende...

Vers 620 av. J.-C., des navigateurs phocéens s'enhardissent jusqu'au rivage le plus éloigné de la mer et aboutissent dans un golfe gaulois à l'embouchure du Rhône. Séduits par l'agrément du lieu, ils retournent chez eux en Ionie (la côte de l'Asie Mineure) et racontent ce qu'ils ont vu. Une nouvelle expédition conduite par Simos et Prôtis reprend alors la mer et vient trouver le roi des Ségobriges, Nannus, sur le territoire duquel les Phocéens désirent fonder une ville. Ils obtiennent son amitié.

Or justement, ce jour-là, le roi s'apprête à célébrer le mariage de sa fille Gyptis. Selon la coutume, la jeune femme doit choisir son époux au cours d'un festin en lui présentant une coupe remplie d'eau. Nannus invite les Grecs au banquet, et ils prennent place parmi les prétendants. Au moment de faire son choix, Gyptis délaisse tous ses prétendants et offre l'eau à Prôtis qui, d'hôte, devient le gendre du roi. Celui-ci lui donne alors un territoire pour fonder une ville : ainsi naît Phocée, plus tard appelée Massalia.

... à la réalité historique

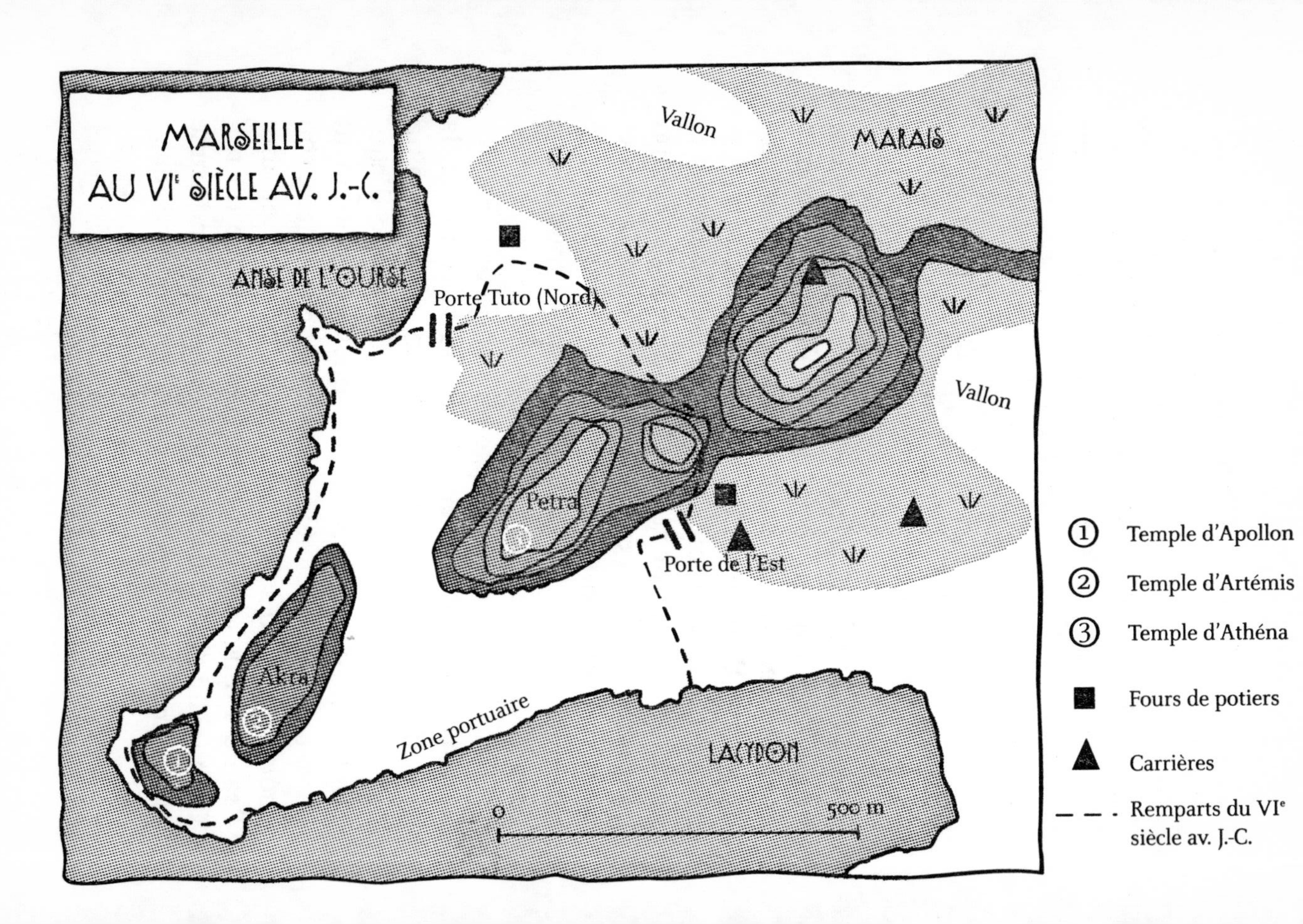
MARSEILLE
AU VIe SIÈCLE AV. J.-C.
ANSE DE L'OURSE
Vallon
MARAIS
Porte Tuto (Nord)
Vallon
Petra
Porte de l'Est
Akra
Zone portuaire
LACYDON
0
500 m
1 Temple d'Apollon
2 Temple d'Artémis
3 Temple d'Athéna
Fours de potiers
Carrières
Remparts du VIe siècle av. J.-C.

Le site de Marseille a été fréquenté dès l'âge du bronze. À partir du VIIe siècle avant notre ère, la Provence reçoit la visite de navigateurs étrangers venus y commercer (essentiellement des Rhodiens). L'histoire officielle de Marseille commence vers 600 av. J.-C. avec l'arrivée des Phocéens, attirés par la situation géographique exceptionnelle du site : un port naturel dominé au nord par une petite péninsule rocheuse. Marseille est installée sur la rive nord du Lacydon et ressemble à « une presqu'île entourée d'eau sur près des trois quarts de son périmètre », selon l'expression de César.

La ville est construite face à la mer, sur une vingtaine d'hectares répartis entre les hauteurs de l'Akra (butte Saint-Laurent) et de la Petra (butte des Moulins). Cette dernière culmine à 48 mètres et devient l'acropole de la ville. Les Phocéens organisent leur nouvelle ville sur le modèle des villes grecques : des temples dédiés à Artémis et Apollon sont édifiés sur l'Akra, le temple d'Athéna est élevé sur la Petra, et l'agora s'étend dans une dépression entre les deux collines. Organisées en lots quadrangulaires autour de cours, les maisons de briques crues et de torchis couvertes de chaume s'étagent le long des ruelles sinueuses autour de l'acropole, de l'agora et des temples. Deux grands axes — est-ouest et nord-sud — divisent la ville, que protègent des remparts jusqu'à une zone marécageuse au nord. De nombreuses sources sillonnent le sol et plusieurs ruisseaux s'écoulent vers le port, au sud, et vers la mer, au nord-ouest. Cette fréquence des sources explique le nombre restreint des puits. Des carrières d'argile et des ateliers de poterie se trouvent à la périphérie nord et nord-est de la ville. Une activité métallurgique est attestée sur le versant nord-ouest de la Petra.

Marseille est gouvernée par une aristocratie issue des fondateurs et qui monopolise tous les pouvoirs. Aucune place n'est laissée au peuple. Un membre seulement par famille peut accéder au Conseil (les timouques). Par la suite, nul ne peut être timouque s'il n'a pas d'enfant et s'il n'est pas citoyen depuis trois générations. Avec l'expansion de la ville, une ouverture se produit et les institutions se diversifient en une structure plus cohérente. Le Conseil s'élargit à 600 timouques. Parmi eux, un Conseil des quinze, dont les membres sont désignés chaque année, instruit les affaires courantes tandis que le pouvoir exécutif est exercé par un collège de trois magistrats. Les lois qui régissent Marseille sont très sévères : elles fixent le montant des dots, interdisent le luxe des fiançailles, et rendent difficile l'affranchissement des esclaves. Les Massaliètes mènent une vie austère, obéissant rigoureusement aux règlements qui garantissent l'ordre public et l'ordre moral.

Le port se situe à l'intérieur de la passe qui renferme un très grand plan d'eau : le Lacydon. L'étroitesse de la passe empêche que la houle du large ne pénètre par vent dominant. Le mistral et les vents de secteurs soufflant tous de terre, ils n'y lèvent donc que peu de ressac. Les Phocéens établissent leurs structures portuaires le long de la rive nord, au pied de la ville, mais le port n'est protégé par aucune muraille le long de la mer. C'est le port qui est le cœur des activités fondamentales de Marseille et la base même du dynamisme de la ville.

Dès le VIIe siècle av. J.-C. se met en place un système commercial appelé *emporia*, c'est-à-dire un genre « d'import-export » de type colonial. Marseille est un grand centre d'échanges des marchandises venues de tous les points d'Occident. Elle redistribue dans les terres indigènes les produits importés : les céramiques grecques ou étrusques, les amphores d'Apulie et de Calabre, les vins de Rhodes, de Campanie ou d'Espagne, l'huile, les objets de bronze et les produits agricoles de luxe. Elle écoule vers les pays méditerranéens les matières premières « barbares » : les minerais dont l'étain de Cornouailles, le sel, le corail et l'ambre. Jalousant les progrès de la ville, les Ligures la harcèlent de guerres continues. Mais les Grecs les repoussent, puis ils fondent des colonies sur les territoires occupés, dont Antibes, Arles et Agde.

Dès 525 av. J.-C., Marseille frappe de petites monnaies d'argent, les oboles, ayant cours à Phocée et dans toutes les villes de la Méditerranée orientale. La ville devient rapidement une grande métropole du bassin méditerranéen. Elle possède ses arsenaux, ses navires, de nombreux techniciens et des navigateurs intrépides. Centre de transit des métaux rares — or et argent ibériques, étain de Cornouailles —, elle contrôle les grandes voies terrestres vers le nord et l'ouest de la Gaule. Elle fonde de nouveaux comptoirs en Corse et installe des colonies sur les côtes du Languedoc et de l'Espagne, mais elle doit s'imposer face à Carthage contre qui elle remporte d'ailleurs plusieurs succès sur mer.

Sources bibliographiques

Dictionnaire de la langue gauloise : une approche linguistique du vieux celtique continental, Xavier Delamarre, Errance, 2003.
Marseille : trames et paysages urbains de Gyptis au roi René, Edisud — Centre Camille Jullian, collection « Études Massaliètes » 7, 2001.
Marseille : de Phocée à César, Dominique Buisset, « Castor Poche », Flammarion, 1999.
L'Europe des Celtes, Christiane Éluère, « Découvertes », Gallimard, 1992.
Mythologie celtique, Thierry Jolif, Pardès, 2000.
Tradition celtique, Thierry Jolif, Pardès, 2001.
Les Gaulois, Régine Pernoud, Le Seuil, 1979.
Les Celtes, Georges Dottin, Minerva, 1980.
L'Enquête — livre 1, Hérodote, « Folio », Gallimard, 1985.

Histoire Antique, Marseille, février-mars 2002.
Préhistoire et Archéologie, juin 1980.
L'Histoire, septembre 1978.

Table des matières

Les personnages 7
1. Les jours du scarabée 11
2. Dans l'ombre des papyrus 23
3. Le Sauvage 37
4. La barque d'Hathor .49
5. La nuit du sarcophage 61
6. Les mots de Saïs. 73
7. Une mer d'avirons .87
8. Phocée 101
9. Gyptis 115
10. L'éclat d'Apedemak 125
11. Le lait d'ânesse 141
12. La fête de Belenos 151
13. La coupe et le torque 167
14. Roc-Perthus 185
15. Le chemin de lune 197
16. Le nœud d'Isis. 209
17. Colère ligure. 225
18. Dans la lumière de Massalia 237
19. L'arme de Maât 247
20. Paroles. 259
21. Quand passe Sehouna 271
Les principales divinités celtiques. 283
Dossier : Marseille au VIe siècle avant J.-C 287
Sources bibliographiques 293

Alain Surget

L'auteur est né à Metz en 1948. Il commence à écrire dès l'âge de seize ans du théâtre et de la poésie. Instituteur, il continue des études à l'université, et devient professeur en 1977. Il se tourne alors vers le roman. Marié, père de trois enfants, il aime se déplacer dans toute la France à la rencontre de son public.

Si l'Égypte vous fascine retrouvez d'autres héros par le même auteur dans la collection Castor Poche Flammarion :

L'assassin du Nil

L'œil d'Horus

Le maître des Deux Terres

Le cavalier du Nil

Houni, bâtisseur de pyramides

Dans la collection Premiers romans, la série **Les enfants du Nil** :

Il faut sauver Cléopâtre !

César, c'est qui ?

Retrouvez les aventures de Tirya déjà parues :
Le complot du Nil
Le Pharaon de l'ombre
Le trône d'Isis
La fille d'Anubis
Le loup des sept collines

CET OUVRAGE
A ÉTÉ ACHEVÉ D'IMPRIMER
SUR CAMERON
PAR L'IMPRIMERIE NIIAG
À BERGAME (ITALIE) EN AOUT 2004

Dépôt légal : août 2004
N° d'édition : 2475. N° d'impression : 5/7461/4
ISBN : 2-08-162475-3
Imprimé en France.

Loi n°49-956 du 16 juillet 1949
sur les publications destinées à la jeunesse.

Photocomposition *CMB* Graphic
44800 Saint-Herblain